쓸쓸해서
비슷한
사람

쓸쓸해서 비슷한 사람

양 양 에세이

드림

아버지, 저는 늘

당신이 그립습니다.

시작하며

'파랗고 빨간 것' '파르스름하고 불그스레한 것' 하면 당신은 무엇을 떠올릴까.

나에게 이것은 '오후와 저녁 사이의 하늘'이다. 파란 이쪽 하늘 저쪽에서부터 발그레한 기운이 번져오는 것. 어떤 날은 오후 5시 46분이라고 말할 수도 있을 테고 어떤 날은 트레이시 채프먼의 〈네버 유어스Never Yours〉를 듣고 싶은 시간이라고밖에 말할 수 없는, 애매하고 오묘하고 불투명한 하늘의 시간. 경계가 모호한 어떤 것들.

노래를 지으면서 글과 노래 사이에서 나는 저 하늘 같은 순간을 참 많이도 맛보았다. 노래로는 도무지 풀어낼 수 없는 단어들이 있었고, 글로는 전할 수 없는 질감들이 음표가 되어 혼자서 떠다녔다. 나도 시인의 말투를 가질 수 있다면 얼마나 좋을까 부러워하는 사이에도 입술 틈으로는 계속해서 희미한 멜로디가 새어나왔다. 그럴 때면 나는 난감한 표정을 하고 앉아 오후와 저녁 사이의 하늘이나 그저 보고 또 보는 것이다. 마음의 이중생활이 조금은 안쓰럽기도 하여서.

나는 이제 이것들을 동시에 놓아보려고 한다. 일기장 속에 빼곡히 들어찬 글, 녹음기에 하나둘 앉아 있는 멜로디. 그 파아란 글과 빠알간 노래를 여기에 함께 놓아두면 저 하늘이 될 수도 있지 않겠는가 하는 마음으로. 이것이 글이기도 하고 노래이기도 한, 글과 노래 사이의 언어가 되었으면 좋겠다는 마음으로. 둘이 다른 길을 걷다가 언젠가 만나게 되면 서로 반갑게 껴안았으면 좋겠다는 마음으로……. 맞닿은 심장이 얼마나 따뜻한지를 당신은 아시는지.

푸르고도 붉은 시간을 지나고 있다. 하루가 한 색깔이었던 적 없다. 마음이 울다가 웃다가 하는 날에는 당신에게로 가 노래나 부르면 좋겠다.

그러면 당신에게도 나에게도, 어렴풋이 번져오는 것 있을까?
그게 뭔지는 몰라도, 우리는 조금 따뜻했으면 좋겠다.

차 례

PART 03 쳐다봐서 미안해요

PART 04 시인의 밤

PART 05 우린 참 비슷한 사람

PART 01

노래는

노래가 시작된 건
새 한 마리가 그때 날아들었기 때문이다

참새가 날아가는 소리를 들어보았니?

참새는 파르르르르, 하며 날아간단다. 날아가는 참새는 수도 없이 보았지만 그 소리를 온전히 들은 건, 어느 집 앞마당에 가만히 앉아 있던 그때가 처음이었어.

참 예쁘다고 생각했다. 그리고 콧노래를 흥얼거렸던 것 같아. 알 수 없는 멜로디는 이럴 때 흘러나오기 마련이지. 파르르르르. 이런 소리를 처음 듣는 순간 같은 때.

그러니 이제 또 알겠지? 아직 우리가 모르고 있는 것이 세상에는 얼마나 많은지. 그러니까, 살아간다는 건 우리가 모르고 있던 새소리를 하나쯤 더 알아간다는 거야.

새의 날갯짓, 꽃의 빛깔, 흙의 감촉, 물의 속삭임, 바람의 온도. 심지어는 언제나 한결같이 놓여 있는 돌멩이의 표정 같은 것 말이야.

네가 그랬지? 언제까지 나무 이야기나 꽃, 하늘, 바람 이야기만 할 거냐고. 그래 나도 곰곰이 생각을 해봤지. 그것 말고 내가 무슨 이야기를 할 수 있을까? 나무, 꽃, 하늘, 바람이 들려주는 이야기는 그 어떤 것보다 나를 흔들어놓는데 말이야. 나에게는 아직도 해야 할 바람 이야기가 많이 남았는데. 바람의 소리와 냄새와 질감은 한순간도 같은 적이 없지 않니. 우리네 1초 1초가 늘 같은 적 없듯이! 그러니 평생을 이야기해도 모자랄 텐데. 나의 하루하루는 언제나 이것들과 함께일 텐데…….

바람 이야기가 나왔으니까 말인데, 거의 모든 소리는 바람이 만들어내고 있다고 생각한 순간이 있어. 나뭇잎들이 서로 부딪혀 바스락대는 소리, 높고 낮은 파도의 소리, 잔잔한 강 물결 소리, 강아지가 짖는 소리, 밥이 익어가는 소리, 아이가 엄마를 부르는 소리, 누군가 흐느끼는 소리, 뱃사람의 콧노래 소리, 들판을 걸어가는 저 사람 발자국 소리, 그리고 참새가 날아가는 소리까지도. 이 모든 정답고 쓸쓸하고 혹은 아련한 소리는 그때 그 바람이 불었기 때문인 거지. 그 바람과 만났기 때문에 그런 모양의 소리가 났던 거야. 그렇게 생각하지 않니?

자, 이제 나는 하던 노래를 계속할게. 또 나무, 꽃, 새, 바람 이야기뿐일지도 모르겠지만.

어느 날 앉아 있던 참새가 파르르르르, 하고 날아가는 소리를 네가 듣게 된다면, 그 순간 부는 바람이 어떤 바람인지 알아챈다면, 그

래서 잠깐 너도 모르게 콧노래를 흥얼거리게 된다면 말이야,

내가 어떤 바람 이야기를 하고 또 하려는지 알게 될 거야.

그러니 귀를 기울여봐, 아주 조심스럽게!

대개는 이런 것들 우습게 여기기 일쑤니까.

너의 품으로 새 한 마리가 날아들었으면 좋겠다. 그런 다음에 네가 들은 가장 작은 소리의 이야기를 내게도 들려주어. 그러면 우리는 모르던 것 하나를 또 알게 되어 이마를 치며 기뻐할 거야.

희망의 반어

집으로 돌아오는 길, 건너편에서는 아파트 공사가 한창이다. 공사 현장을 둘러싼 바리케이드에는 '희망 서울'이라는 문구가 씌어 있었다. 나는 한발 내디뎌 그것을 한번 바라보고 또다른 발을 내밀어 그 자리에 멈추어 섰다. 멈추어서 쉴 수밖에 없는 숨이 필요했기 때문이다. 가냘픈 날숨에다가 '희망'이라는 단어를 실어 몇 번을 내뱉어 보았다. 희망, 희망, 희망…….

희망이라. 끝없는 소음과 먼지를 일으키며, 있던 것들을 다 허물어가며 건물을 높이높이 올려 세우고만 있는 저 현장 앞에서 희망이라니. 그것은 내가 본 것 중에 가장 슬프고 절망적인 희망이었다. 도시의 희망은 이런 것이구나 생각하자 아득해졌다. 누군가는 희망이라는 말 앞에서 두 다리가 풀려 주저앉아버릴 수도 있겠구나. 희망 참 비루하였다.

내가 처음 노래를 시작했을 때 노래를 들은 친구들은 '밝고 희망적이다'라고 말했던 것 같다. 가끔씩 '어떻게 그렇게'라는 수식이 따라왔으므로 그 안에 숨은 의미심장한 가시를 어쩔 도리 없이 느껴야 할 때도 있었다. 내 노래 속 하늘에는 먹구름 있었던 적이 없고 늘 햇살이 가득했기 때문일까. 아니면 '괜찮아, 괜찮아'라고 말했기 때문에? 그럴지도 모른다. 나는 아직도 슬픔이나 절망을 노래하는 방법을 알지 못한다. 그것들은 내게 노래가 될 수 없는 '통증'일 뿐이었으니까. 슬픔과 절망, 그 통증 속에 있는 나는 전혀 노래할 마음이 없었고 그러다 언젠가 아픔이 가시고 나면 재빨리 아픔의 흔적을 지워버리고자 했다. 너무 아팠으니까. 너무 아프니까.

깜깜하고도 긴 터널을 다시 걸어나올 기력이 생긴다면 그때 내가 향하는 곳은 당연히 환한 빛이 새어 들어오는 쪽일 것이었다. '아프다'라고 말하지 못하고 '걸어가자' 혹은 '흘러간다'라고 말하는 것은 이런 연유에서다. 희망은 절망의 반대편에 서 있는 것이 아니라 절망과 맞닿아 차례를 기다리고 있는 것, 절망의 다음 차례가 아닐까. 나는 언제나 둘의 숙명 사이에 있고, 어느 쪽에 놓일 것인가는 전적으로 나의 소관이 아니다. 그러니 누군가 나의 희망에 대해 오해하거나 지루해한다 해도 한마디 변명이나 핑계를 댈 수가 없겠다.

나는 희망한다. 오늘 '희망 서울'이라는 말 앞에서 내가 느낀 아픔, 그 절망을 언젠가 노래할 수 있기를, 울면서라도 노래하기를. 나의 서툰 말로는 어떻게 해도 또다시 희망 언저리에 가 앉게 된다 할지라도, 그래도, 또…… 누군가에게 폭력이 되는 희망 말고 가장 깊은 '절망가'인 '희망가'를 목청껏 불러보고 싶다.

나의 작은 방

방 이야기를 해볼까 합니다.

나의 방에는 분홍 꽃신 한 켤레와 워낭 세 개, 은촛대와 고흐, 그리고 당신이 있습니다. 아침 아홉시부터 오후 다섯시까지 볕을 고스란히 받아두는 커다란 창이 있고, 비가 오면 회색 도시를 그린 그림 액자같이 보이는, 옆으로 길쭉한 작은 창문도 있습니다. 아, 그리고 사랑도 있습니다.

분홍 꽃신은, 제가 예전에 동대문에서 만오천 원에 장만한 꽃고무신을 신고 공연을 했을 때 그걸 보신 팬 한 분이 선물을 해도 될까요, 하며 직접 지어주신 것입니다. 그분도 고무신을 신고 노래하는 사람을 처음 보았겠지만 저 역시 꽃신을 선물 받기는 처음이었지요. 그래서 참 특별한 선물입니다. 빛깔이 정말 곱고 정성도 참 고마워서 신고 나가 자랑하고 싶지만 제 발에 조금 커서 그러지는 못하고 방 안에 잘 모셔두었습니다.

워낭이 뭔지는 다 아시죠? 말이나 소의 목에 거는 방울 말이에요. 그건 지난 중국 여행 때 산 것인데 그때 제가 여행한 곳은 아주 시골이었고 옆의 산골 마을은 아직도 말이 모든 것을 실어나르는 그런 곳이었어요. 어느 높은 산을 오를 적에 잠깐 말을 탔는데 처음에는 한눈에 모든 전경이 다 보이는데다 직접 걷지 않아서 어찌나 편하고 재미있던지 싱글벙글 휘파람을 불었더랬습니다. 그러나 그것은 아주 잠깐의 행복이었지요. 가파른 산길을 오를수록 나의 말은 힘겨운 숨을 뱉어냈고 다리에 힘이 풀리는지 여러 번 비틀거렸습니다. 그 아이의 이름은 '훠어미'라고 마부가 알려주었는데 나는 나중에 '미안하다, 훠어미. 조금만 힘내라, 훠어미. 훠어미' 하고 속으로 많이 울었습니다. 시골 시장에서 이 워낭을 발견하고 세 개를 샀어요. 훠어미가 생각나서요. 책장에 걸어둔 세 개의 워낭은 내가 책을 꺼낼 때 고롱고롱 소리를 냅니다. 그럴 때마다 나는 자신의 등을 나에게 기꺼이 내주었던 우리 훠어미 생각도 하고 말과 소와 개와 닭과 돼지와 고양이와 사람이 함께 살고 있던 그 아름다웠던 산골 마을을 떠올려요.

고흐의 초상화는 고흐를 아주 좋아하던 언니가 그려준 것입니다. 똑같은 것이 두 점 있어요. 두 얼굴은 미묘하게 다르지만 모두 푸른 기운을 내고 있습니다. 푸른 옷, 푸른 얼굴, 푸른 눈동자. 신비한 푸른색이 참 고흐다운 그림이지요. 대부분이 그렇겠지만 나도 고흐를 정말 좋아합니다. '좋아한다'는 표현 말고 더 뜨겁고 깊고 푸른 말을 아시나요? 그럼 그 말을 붙여주세요. 그의 생을 생각하면 마음

한켠이 말할 수 없이 아려오지만 그토록 맹렬히 그림을 그리며, 그는 행복하지 않았을까요. 언젠가 유럽의 미술관에서 그의 작품 앞에 섰을 때 눈물이 나 혼났습니다. 그의 삶의 이야기를 다 덮어두고서라도 그 그림들은 너무나 아름다웠기 때문입니다. 펄떡거리는 그 사람 심장을 만나는 것 같았어요. 화폭 앞에 앉아 외롭고 긴, 그러나 타오르는 시간을 보냈을 그의 등도 보았습니다. 나는 언제나 고흐 같은 예술가가 되기를 꿈꿉니다. 그의 가난보다 불타는 영혼이 더욱 소중하고 크게 느껴지기 때문이지요. 푸른 고흐의 얼굴을 볼 때마다 말로는 안 하지만 속으로 고맙습니다, 당신을 잊지 않겠습니다, 되뇌곤 해요.

그리고 또 한 가지, 이건 좀 실망하시겠지만 '당신'은 진짜 당신이 아니에요. 어디선가 주워온 작은 나무판때기에다가 붓으로 '당신'이라고 써둔 것입니다. 언젠가부터 당신은 나만큼 중요한 사람이 되었어요. 당신 없는 나는 아무래도 별것이 아니더란 말입니다. 그러니 나는 당신이 있었으면 좋겠는데 당신이 없으니까 이렇게라도 함께 있으려고요. 당신이란 존재를 잊지 않으려는 겁니다. 혼자 사는 삶이 아니길 바라는 겁니다. 유치한가요? 글자로 당신을 새기고 있는 내 모양이 볼품없나요? 내 방을 다녀간 친구 하나가 이미 많이 놀리고 갔으니 당신이 다시 놀린다 해도 나는 끄떡없습니다. 그럼에도 '당신'은 꼭 있어야 하니까요. 자, 그럼 짐작이 가시는지. 내 방에 있다는 사랑도 '당신'과 비슷한 식이라는 것. 하얀 천조각에 꾹꾹 눌러 쓴 엘 오 브이 이…….

나의 방에 커다란 창문이 있다고 말했지요? 만약에 이 창문이 없었더라면, 그리고 이것보다 작았더라면 나는 이 집에 살지 않았을 거예요. 나는 창문에 굉장히 집착하는 사람입니다. 바깥의 내가 여러 가지 일들을 하고 다닌다면 안의 나는 주로 가만히 있습니다. 주로 창문을 향해 앉아서요. 아, 물론 방에서 영화를 보기도 하고, 책을 읽기도 하고, 커피도 마시며 음악도 듣고, 술도 한 잔씩 하지요. 하지만 이 모든 것들 역시 창문을 앞에 두고 합니다. 그러니 주로 창문 앞에 가만히 있는다는 말이 틀린 말은 아니지요. 창문 밖으로 뭔가 대단한 것이 보이느냐 하면 그것도 아닙니다. 5층 건물에서 볼 수 있는 그저 그런 도시 풍경과 얕은 하늘이 보일 뿐입니다. 그럼에도 이토록 창문에 연연하는 까닭은 안의 내가 세상과 소통할 수 있는 통로가 바로 창문이기 때문이에요. 가만히 앉아서 나는 저 건너편 집의 살림살이를 상상하기도 하고 그 사람이 어떤 일을 하는지, 밥은 뭘 먹었는지를 궁금해하기도 합니다. 오늘의 별을 보면서 내일의 날씨를 가늠해보기도 하고, 낮에 저편에 앉아 있던 새들은 모두 어디로 갔는지, 그러고 보니 새들의 집이 어디인지도 모르고 살고 있었구나 하는 생각도 하고요. 그렇게 홀로 앉아서 바깥과 이런 저런 이야기를 나누는 거지요. 창은 나에게 멋진 화면이자 공상소설이자 '이상한 나라의 폴'이 사차원 세상으로 들어가는 구멍인 셈입니다. 혼자의 시간도 덕분에 무료할 틈이 없지요. 잔잔하게 흘러가는 한때…….

지극히 사소한 이야기를 많이도 했네요. 방이란 게 원래 고유의 사연을 안고 있으니 그럴 수밖에 없었습니다. 나는 이런 방에서 살고 있습니다. 꽃신과 고흐와 큰 창이 있고, 거울과 텔레비전과 못 친 곳이 없는 하얀 방에서요. 언젠가 기회가 된다면 놀러오세요. 못다 한 이야기를 나눌 수도 있겠고, 공기가 따스해지면 내가 방에서 혼자 부르는 노래를 들려드릴 수도, 함께 춤을 출 수도 있을 테지요. 그런 것 다 필요 없이 큰 창 앞에 그저 나란히 앉아 있어도 좋겠습니다. 창밖을 보며 무슨 생각을 할지 궁금한데요? 그러니 당신을 초대할게요, 들려주세요. 물론 내 방에는 이미 '당신'이 있지만요.

이유가 없는 것

언제나 저런 달은 갑자기 보게 되어 있지. 그러면 퍼뜩 떠오르는 누군가에게 전화를 걸어 밑도 끝도 없이 앞뒤 말 다 빼먹고 이렇게 말하게 되는 거야.

"저 달 좀 봐!"

설명은 매우 구차할 뿐이지.

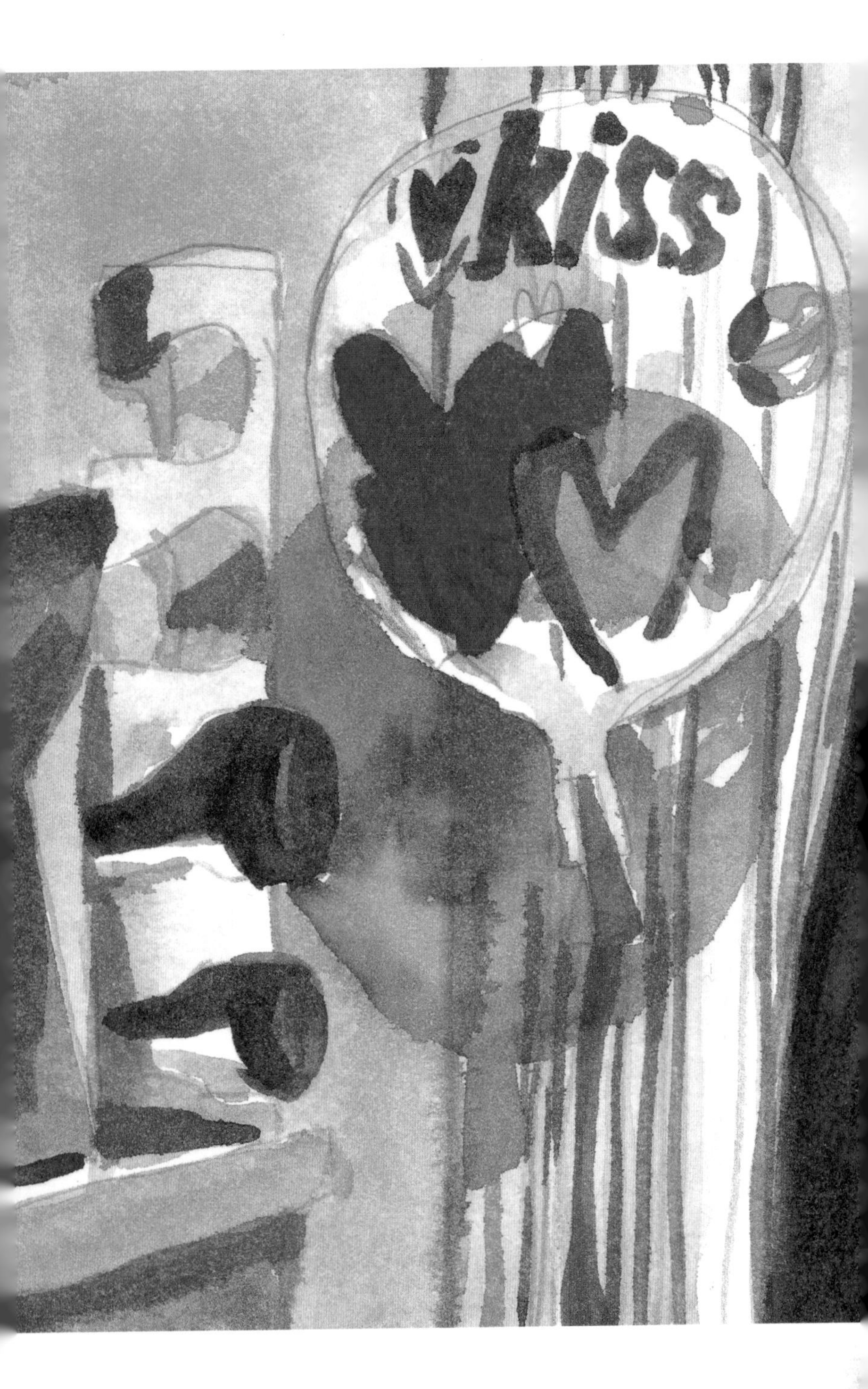
KISS

깨어 있는 즐거움

나에게 이런 불면의 밤이 찾아올 줄은 몰랐다. 벌레 때문에 뒤척이다가 잠을 포기한 밤 빼고, 사랑 때문에, 이별 때문에 울고 웃던 밤 빼고, 이렇게 제대로인 불면은 처음이다.

예전의 나는 낮이건 밤이건 등 붙이면 눈 감기는 사람이었다. 세상에서 참으로 이해할 수 없던 것이 '잠들 수 없는' 괴로움을 호소하는 것. 나는 더 오래 깨어 있지 못해 괴로운 쪽이었다. 어떻게 그렇게 슬픈 순간에도, 괴로운 순간에도, 중요한 순간에도 잠이 오는가. 나는 이렇게 예민하지 못해서 시인은 될 수 없겠다 생각했다. 그리고 엄마의 불면을, 고독한 음악가의 불면을, 절대로 그럴 것 같아 보이지 않던 맑고 건강한 친구의 불면을 나는 나눌 수가 없었다. 그 심연의 시간은 시퍼런 색이겠지, 하고 그려보아도 잘 그려지지 않았다. 그것은 맛보지 못한 이국의 열매의 맛을 상상하는 것과 같은 일이었으므로. 그것은, 뱉어내고 싶을만치 괴로운 맛이었을까. 한편으로는 톡 쏘는 짜릿함도 있었을까.

불면인 지 사흘째다. 첫째 날은 굉장히 삼키기 힘들었고 둘째 날은 그리 나쁘지 않은데 했다면, 지금은 혀가 느낄 수 있는 다섯 가지 맛의 감각이 모두 뒤섞여 무엇 하나 도드라지는 것 없이 맹하다. 맹해서 한없이 멍하다. 며칠 전에 읽은 장석주 선생의 책에는 마침 이런 구절이 있었다. '그리하여 이유 없이 하룻밤의 잠을 반납해버리고 그 밤과 마주앉아 새벽이 올 때까지 버티고 있으면, 밤은 현존의 느낌을 극대화해서 우리에게 되돌려준다. 밤새도록 깨어 있는 자란 우주를 관조하고 우주와 대화하려는 자다.' 깨어 있는 것이 이토록 아름다운 일이었던가. 그렇다면 깨어 버텨보자. 나는 준비되었다.

가장 까다롭게 선곡을 한다. 이렇게 깊은 밤이라면 목소리가 조금 구슬픈 사내의 읊조림이 좋겠다. 볼륨을 아주 작게 한다. 거의 묵음이어도 괜찮을 것이다. 책을 읽을 수가 없으므로 책을 적는다. 주로 시집이다. 아무것에도 집중할 수 없을 때, 나는 타인이 뱉어둔 말들을 따라 발음하다가 한 자 한 자 꾹꾹 눌러쓰는 것을 좋아한다. 책 속의 글씨가 '노을이 들어'라면 나는 입을 오므려 "노을이 들어" 하고 소리내고는 노, 을, 이, 들, 어, 라고 적는다. 그러다보면 가끔씩 내가 그 사람이 바라보고 있는 노을 속에 서 있는 듯도 하다. 그 사람의 모든 말을 이해하지 못해도 상관없다. 어차피 나 또한 누구도 이해할 수 없는 말들을 잔뜩 가지고 있으니. 우리가 나누는 것은 단어 하나가 아니라 그때의 그 사람 시간과 지금의 내 시간이다.

나는 장석남 시인의 「바다는 매번 너무 젊어서」를 아주 천천히 옮겨 적었다.

'바다'라는 글자는 잠도 들지 못하는 나를 꿈속으로 데려간다. 바다는 늘 그렇다. 큰 파도를 만난 고기잡이배처럼 나는 바다 앞에서 언제나 울렁거렸다. 끝없이 솟아오르고 부서지는 파도를 바라보며 인생을, 사랑을 물은 적이 있다. 바다는 답이 없이 늘 커다랗기만 하였는데 그것은 항상 가장 좋은 답이 되어주었다. 어쩌면 내게 필요했던 건 답이 아니라 질문이었을지도 모른다. 존재에 대한 한아름의 질문은 바다 앞에서나 가능한 일이었다. 그래서 나는 늘 바다가 그리웠고, 울렁이는데도 멀미를 하지 않았다. 불면의 시간은 바다를 닮은 것도 같다. 망망대해처럼 깊고 까마득하고 울렁거리는데 멀미가 없다.

지금이다! 지금부터 가장 푸른 새벽이다. 시간은 새벽 4시 47분을 지나고 있다. 이 파란색은 언젠가도 만난 적이 있다. 그것은 어느 날의 하늘이기도 했겠지만, 내가 어느 날에 간절히 원한 바다이기도 했을 것이다. 몇 시간이고 바라만 보아도 더는 바랄 것이 없던 하늘과 바다. 나는 가장 푸른색 앞에 앉아서 아무 생각이 없다. 그저 가장 푸른 새벽이 흘러가는 것을 바라볼 뿐이다. 이 순간에는 오래 못 본 친구 얼굴도 잊고, 쓰다 만 글 한 줄도 잊고, 애타는 사랑 같은 것도 잊고 만다. 나는 숨쉬는 나를 그저 흘러가는 시간에 얹어두고 있다. 왜 깨어서 여기에 있는가 하는 질문도 찾아오지 않는다. 완벽하게 단순한 존재의 시간. 아무 질문도 답도 없지만 이 하늘과 이 새벽 속에 놓여 있다는 사실이 가슴 시리도록 벅차다. 시간과 공간이 너무 넓고 깊어서 아, 하고 내는 탄식도 들리지 않을 것이다. 나는 살아 있다. 내 심장은 뜨겁게 뛰고, 허파는 쉴새없이 숨을 실어나르고, 눈과 귀와 코의 모든 구멍은 활짝 열려서 기쁜 것을 보고, 슬픈 것을 듣고, 아련한 것의 냄새를 맡는다. 내 두 발은 정지하였지만 끊임없이 걸어가고 있다. 아득한 것들 쪽으로, 생생한 것들 쪽으로도. 1초 1초 하늘의 색이 변한다. 아침이 오고 있다.

깨어 있었을까? 그 고요하고 깊은 시간은 오히려 꿈에 가까웠다. 그저 잠들지 못하여 그저 깨어 있었고, 그저 하늘 앞에 앉아서 그저 시간 따라 흘러간 뒤에도, 아침은 왔다. 아침은 별다를 것도 없고 괴롭지도 않다. 그저 또 살아갈 것이다. 그러나, 그러나 나는 또하나의 새로운 멜로디를 얻었다. 가장 푸른 멜로디, 가장 뜨거운 멜로디. 그것은 설명할 수 없는 아득함이기 때문에 꼭 노래가 되어야 한다. 모든 색깔을 다 담고 있어서 완전히 새까매 보이더라도, 누군가는 웃고, 누군가는 울고, 누군가는 귀를 막아버린다 하더라도 나는 그 푸른 노래를 부르고 싶다. 깨어 있던 시퍼런 것들이여, 노래가 되어라.

아침을 알리는 새벽 종소리는 없지만, 건너편 방의 불들이 하나둘 켜지고 따스한 기운이 퍼져온다. 나도 따라 온화해진다. 청소차가 지나갔으니 동네는 다시 말간 얼굴을 가지게 되었을 것이다. 불면의 밤이 끝났다. 모두가 잠든 순간에도 잠들지 않고 흘러온 것들에게 비밀스럽게 아침인사를 건넨다. 황홀하였다. 그런데, 이다음은? 이다음은 어떻게 해야 하나? 이다음에 잠을 잔다는 것은 불면이 아니라고 누군가가 말했었는데. 그래, 그렇다면 더 깨어 있자. 그것도 역시 준비되었다. 누군가 날 위해 불러주는 자장가도 없는 아침일 테니.

여기 내 발 옆의 온기

낯선 곳에 왔습니다. 맑은 바다가 있는 곳입니다.

착한 사람이 내게 좋은 책상을 내주었습니다. 바다를 향해 있는 책상입니다.

이 집에는 강아지가 한 마리 있었어요. "안녕." 나는 한마디 건넨 후에 곧장 책상으로 갔지요. 이름도 나이도 성별도 묻지 않았습니다.

나는 바빴습니다. 책상 앞에 앉아서 바다도 보아야 했고, 바다를 보아야 했고, 바다만 보아야 했습니다.

강아지는 내가 던져둔 짐들을 수색하느라 바빴습니다.

바다도 바빠 보였습니다. 이곳의 바람은 쉴새없이 파도를 만들어내고 있었기 때문입니다.

바다가 내뱉는 하이얀 포말은 넘실거리다 미련 없이 부서졌습니다.

덩달아 내게도 생각들이 넘실거립니다.

두고 온 화분 생각, 달려온 길 생각, 만나고 헤어진 사람 생각.

그러나 실은 하얗습니다. 파도처럼 밀려왔다 밀려가는 것들이었지요.

한참을 앉았다가 화장실에 가기 위해 자리에서 일어났을 때 조금 놀랐습니다. 강아지가 어디선가 제 장난감을 가져와 코앞에 두고는 나를 물끄러미 바라보고 있었습니다.

언제부터 그러고 있었던 걸까요. 소리도 기척도 없었는데요.

나는 그것이 무슨 말인지를 압니다.

함께 놀자는 말, 던져주면 잘 찾아 물고 오겠다는 말. 엄마가 키우는 우리집 강아지도 늘 그랬으니까요. 어딘가에서 양말이나 인형 같은 것을 물고 와 갈망하는 눈빛으로 나를 긁으면 나는 그것을 멀리 던져줘야 했지요. 안 던져주면 우는 소리를 냅니다.

하지만 오늘은 이 아이의 소망을 알아채고도 못 본 척하고 볼일만 보고 돌아왔습니다. 던지기 놀이는 한 번에 끝나지 않기 때문입니다.

보시다시피 나는 바빴으니까요.

나는 다시 바다 보기에 열중했지요. 보고 또 보아도 지루할 틈 없습니다. 그러다 문득 떠오른 생각들을 종이에 적기도 하고 생각이 없을 때에는 그대로 있었습니다. 그것도 좋았습니다.

한참이 지났을까요. 발 옆이 이상했습니다.

아니, 따뜻했습니다.

아이가 내 발 옆에 와 있었습니다. 아이의 몸과 내 발 사이에는 성냥개비 하나 정도의 틈이 있을 뿐이었지요. 거의 붙은 것이나 다름없었습니다.

아이는 방 바깥에서 방 안으로, 방 끝에서 가운데로, 가운데에서 등뒤로, 그러다가 이제 완전히 나의 곁으로. 아주 조금씩, 아주 천천히 거리를 좁혀서, 결국에 나의 곁으로 온 것입니다.

그제서야 나는 강아지를 쓰다듬었습니다.

처음으로 눈을 맞추었습니다. 아이는 부드러운 털을 가지고 있었어요. 미안해죽는 줄 알았습니다. 정 떼는 것 슬프니 정 나누지 않겠다는 차가운 마음 말입니다.

그 마음이었지요.

어차피 곧 헤어질 사이, 나는 너를 두고 다시 또 떠나게 될 거야. 그러니 나는 바다나 보겠다고…….

내가 바쁘니 너를 볼 겨를 없다는 지독한 마음이기도 했습니다.

바다 보는 것이 뭐가 그리 대수라고 그러고 있었을까요.

슬퍼지면 그때 슬퍼하면 될 것을, 뭘 그렇게 마음 사렸을까요.

그런 마음으로 무얼 하려나, 한심하기 짝이 없었습니다.

아이는 내 발 옆에 가만히 앉아 내가 일어설 때까지 꼼짝 않고 있었어요. 무엇을 바라는 소리 한번 내지 않았습니다. 만져달라고도, 놀아달라고도 하지 않고 가만히 앉아 있었습니다.

애초에 아이는 바라는 것 없이 그저 곁에 함께 있고 싶었는지도 모릅니다. 그것이 따뜻하다는 것을 잘 알고 있어서요. 아이가 주는 온기가 말할 수 없이 따뜻했습니다.
마치 처음 느껴보는 것처럼 따뜻했습니다.

월정리에 사는 이 아이의 이름은 오스카. 한 살 된 시추입니다.
오스카 덕분에 딱딱한 심장에 온기 얻었습니다.
단번에 되지 않겠지만, 이제 나도 오스카처럼 할 거예요.
아주 조금씩 천천히 다가가기, 곁으로 가기, 바라는 것 없이 내가 먼저 가기. 그것이 얼마나 따뜻한지를 알게 되었으니까요.
한 살 된 강아지도 아는 것을 나는 이제야 알았지만
이제라도 알아서 천만다행입니다. 따뜻할 일만 남았습니다.

허름한 것들

어디 허름한 식당 없어?

허름한 데로 가자.

허름한 것이 좋다.

허름하다는 것은 반짝반짝 새것이 아니라는 말이다.

헌것, 낡은 것, 오래되고 가난한 것은 그 시절에 더 뜨겁고 정답고 치열했을 것이다.

악착같이 서로를 나누어가며, 아껴가며, 서러움과 연민, 욕지거리와 난장과 뜨거운 눈물범벅을 꼭꼭 씹어 삼켜가며 그럼에도 내팽개치지 않은 생의 육자배기가 그곳에 있을 것이다.

겹겹이 쌓인 먼지의 시간만큼 사랑하였을 것이다.

허름한 추억이 없어서 내 감정은 이렇게 가난하다.

그러니 나랑은 허름한 곳으로 가자.

반질반질 닳은 탁자에 앉아서 찌그러진 냄비에 팔팔 끓고 있는 찌개 한 숟가락 떠먹으면서, 짝 안 맞는 젓가락으로 김치 꽁다리 찢어 먹으면서 허름한 것들의 노래를 좀 듣자.

웅숭깊은 그 노래 들으면서 나도 좀 걸쭉하게 울어보자, 한번.

우리는 본래 허름한 사람이었다.

요리생활

어쩌다 이런 인생이 되었는지 모르겠지만 서른다섯이 되어서야 처음 내 손으로 시금치를 샀다. 아무래도 시금치나 무 같은 것은 엄마의 재료인 것만 같았고, 엄마가 아닌 나는 그것으로 무엇을 해야 할지를 도통 몰랐으니까. 시금치도 안 사고 집에 밥통도 두지 않고 그동안 무얼 먹고 살았는지 생각해보면 스스로가 조금 가엾지만, 지난 일이다. 나는 여전히 엄마가 아니고 혼자 살지만 이제는 시금치를 산다.

편의점만 가득한 도심 한복판이었지만 다행히 이사 간 집 근처에는 '슈퍼'라고 부를 만한 마트가 하나 있었다. 생필품을 비롯하여 갖가지 식재료가 생각보다 신선하고 다양하게 구비되어 있었는데 집에 돌아가는 길에 그곳에 들러 푸릇푸릇한 채소나 싱싱한 생선들을 보는 것은 생각보다 즐겁고 신나는 일이었다. 나는 마치 애완동물숍에서 푸들이며 시추며 몰티즈를 보듯이 팽이버섯과 도라지와 우엉을 보았다. 흙 묻은 감자와 당근은 땅의 건강한 기운을 그대로 품고 있었고, 흰색에서 시작해 초록으로 가는 긴 파의 농담濃淡은 아름다워 보이기까지 했다. 그러기를 며칠, 마침내 나는 그 많은 정다운 것들 중에서 시금치를 집어들었고, 우유와 사과, 두부와 달걀, 그리고 시금치가 든 봉지를 흔들며 돌아오는 길에 경쾌한 스텝을 좀 밟았던 것 같다.

시금치를 꺼내놓고 엄마에게 전화를 걸었다.

"엄마, 나 시금치 샀어! 시금치나물 어떻게 하는 거야?"

"시금치나물? 그거 그냥 시금치 데쳐서 소금하고 간장 조금 넣고 참기름이랑 다진 마늘 좀 넣고 조물조물 무치면 돼. 세상에서 제일 쉽다, 시금치나물이."

요리에 능숙한 사람들은 한결같이 자신의 초보적 시절을 잊고 한결같이 불친절하게 설명한다. 그냥, 이렇게, 이렇게, 이렇게, 이렇게……. 소금 얼마큼, 간장, 참기름 얼마큼? 하고 묻자 엄마는 그건 정확하게 정해진 것이 아니라며, 먹어보면서 간이 맞을 만큼 알아서 넣는 것이라고 다시 한번 불친절하게 이야기해주셨다. 시금치를 다듬어 씻고 물을 끓이고 시금치를 넣어 데치고 찬물에 헹구고 물기를 짜고 소금을 넣고 간장을 넣고 다진 마늘을 넣고 다시 소금을 좀더 넣고 참기름을 똑 떨어뜨려 조물조물 무치는 동안 땀을 좀 흘렸는데, 밥상에 나의 첫 '시금치나물'을 올리고 난 뒤에는 내 입에서도 "시금치나물 이거 뭐, 세상에서 제일 쉽구만" 하는 말이 흘러나왔다.

세상에서 제일 쉬운 시금치나물을 만들어본 이후에 나는 자신감을 얻고 다른 재료들을 사들이기 시작했다. 애호박과 느타리버섯을 사다가 소금 살짝 뿌려서 구워먹었고 가지와 무는 나물을 해 먹었다. (가지는 어떻게 해도 식당의 가지나물처럼 되지가 않아 그다음엔 그냥 쪄서 참기름간장에 찍어 먹었다.) 두부와 감자에 양념장을 넣고 조려보았고 어느 날은 메추리알 반찬도 만들었다. 그것도 요리냐, 하고 묻고 싶겠지만 나에게 이것은 완전히 '요리'다. 그사이 잡채라든가 냉이된장국, 고추장삼겹살구이, 바지락수제비 같은 것들도 만들어보았는데 이것이 제대로 된 맛인지 어떤지를 판단할 수가 없어서 일단 '특별요리' 목록에 넣어두었다.

요리의 완성은 '간 맞추기'였다. 평소 나의 입맛은 너무나 무던하여 맛있는 것과 맛없는 것을 잘 구분하지 못하였고(대개 모든 것이 맛있다), 이는 나의 즐거운 요리생활을 방해하는 큰 걸림돌이었다. 그때부터 나는 한 발짝 물러서서, '요리한다'라는 행위의 의미를 '재료를 구입하여 다듬고 씻고 썬다'라는 부분으로 국한시킨 것 같다. 한 단계 나아가면 '살짝 가열한다'까지.

간을 볼 줄 몰라서 좋은 점도 있었다. 그것은 재료 그 자체의 맛을 음미하게 되었다는 것이다. 소금 치는 것이 두렵고, 간장을 부을 때는 늘상 손이 떨리기 때문에 요리들은 거의 간이 없는 것이나 마찬가지였는데, 어느 날은 그 무간의 호박볶음을 먹으며 "아, 고소하고 달아라!" 했다. 호박 본연의 맛이 그런 줄을 그때 처음 알게 된 것이다. 가미하지 않은 날것 고유의 맛. 시금치의 푸릇하면서도 떫은 맛, 감자의 담백하면서도 포슬포슬한 맛, 무의 달짝지근하면서도 상쾌하게 아린 맛, 마늘의 알싸하고 쨍한 맛, 표고버섯의 아찔한 향과 뽀득거리는 질감, 푸르고 맵싹한 쪽파의 맛, 양파와 당근과 양배추는 모두 달큰한 맛을 가지고 있었지만 '달다'라는 말 안에 이 셋을 함께 두는 것은 양파와 당근과 양배추에게 예의가 아니라고 생각한다. 맛있다, 맵다, 짜다, 달다, 나는 먹을 만한데, 정도의 표현뿐이었던 나의 미각에 생생하고 정직하고 맛깔스러운 형용사들이 생겨나기 시작했고, 이것은 단순한 요리생활 속의 크나큰 즐거움이었다.

나의 요리가 이런 식이다보니 중점을 두는 부분은 주로 재료를 선택하는 것과 그것을 손질하는 일이었다. 결국에 장바구니에 넣어오는 것은 양파 한 알과 마늘종 한 단, 어떤 날은 색이 탐스런 가지, 어떤 날은 양배추와 브로콜리 한 개뿐이지만, 나는 마치 아버지 생신상이라도 차릴 사람처럼 꼼꼼히 그리고 천천히 장을 본다. 채소들이 가지런히 각자의 색과 신선함을 뽐내며 놓여 있는 것을 바라보는 것만으로도 나는 완전히 행복하다. 어떤 계절에 세 개에 1,500원 하던 가지가 어느 날은 또 4,000원이 되어 있기도 했고, 팽이버섯은 가격이 뛰어 있어도 그 폭이 대단치 않아 대체적으로 부담없이 즐길 수 있는 품목이었다. 이것은 그들의 계절을 말해주고 있었고 가판을 가득 채운 그 계절의 아이들에게 '잘 자라주었구나!' 진심 어린 감사 인사를 건네기도 했다. 지난봄에는 시장에서 넘쳐나고 있는 햇마늘을 발견하고 도무지 지나칠 수가 없어 무작정 사다가 무작정

까서는 마늘장아찌를 담갔고, 알이 단단한 감자가 지천에 널린 여름에는 감자 참 많이도 먹었다. 쪄서도 먹고, 샐러드를 만들어 빵에도 넣어 먹고, 설탕에도 찍어 먹고, 소금에도 찍어 먹고……. 어느 밤에는 봉지에 수북이 담긴 홍합이 2,140원인 것을 처음으로 발견하고는 집으로 데려와 열심히 닦았다. 박박 문질러주자 홍합은 매력적인 흑빛을 보여주었는데 그것은 LP판 같기도 했고, 어렸을 때 외갓집에서 보았던 할머니의 오래된 자개농 같기도 했다. 파와 홍합만으로 끓여낸 담백한 홍합탕에 뜨끈한 정종을 한잔 곁들인 밤, 계절은 겨울로 가고 있었다.

요즘은 시절이 좋아 모든 것이 깨끗하게 손질되어 나오기도 하지마는 내가 선택하는 것은 당연히 손질되지 않은 쪽이다. 말했다시피 나의 요리활동은 맛을 내는(낼 수 있는) 쪽이 아니기 때문이다. 인생이 그렇게 바쁘지 않기도 해서 마늘을 직접 깔 시간, 당근의 흙을 씻어낼 시간은 충분하다. 싱싱하게 물오른 쪽파를 못 본 체할 수가 없어 한 단 사다가 파김치를 담가보자 했던 날, 쪽파의 뿌리를 잘라내고 흙을 털어내고 시든 부분을 손질하고 겉의 껍질을 벗겨내고 흐르는 물에 헹구는 데만 한 시간 정도가 걸렸던 것 같다. 물론 나의 손이 능숙하지 않아서 그리 오래 걸리기도 했겠지만, 하는 동안 나도 모르게 나의 온 정성을 쏟게 된 것에도 이유가 있으리라.

많은 생각을 했던 것 같다. 길러낸 땅과 흙에게 감사했고, 농부의 손길이 절로 떠올랐다. 농부는 쭈그리고 앉아 파를 뽑다가 그 흙 묻은 손으로 땀을 훔쳤을 것이다. 여름이 아니어도 해가 쨍했을 것이다. 나 혼자 한철을 먹을 수 있는 김치를 담그는 데 고작 1,500원이 들었는데 그 소중한 것들에 대한 보상은 대체 무엇이 할 수 있을까. 내가 무엇에 가치를 두고 어떤 몸짓으로 살아가야 할지를 생각하게 하는 시간이었다. 그뒤로 무엇을 먹을 때마다 더 맛있고 더 고맙고 남기면 울고 싶은 것은 다 이 덕분이었으니, 파를 다듬고 양파를 까는 일을 멈출 수 없을 것 같다.

처음 시금치를 사서 무친 그날 이후, 한 치의 발전 없이 나의 요리생활은 지속되고 있다. 지금도 슈퍼나 시장에 가면 한참을 기웃거리며 즐거워하다가 채소 한두 개를 담아오고, 그것들을 손질하는 기쁨을 전부로 삼고 있다. 물론 기본 시금치나물 말고 된장에 무친 버전을 할 수도 있게 되었고 이제는 좀더 과감해져서 제철에 등장한 동태나 양미리를 사서 탕을 끓이는 도전을 하기도 한다. 아직도 간을 맞추는 것은 내 일이 아니어서 이것이 맞는 맛인지 영 알 수가 없지만, 내가 만든 것이므로 맛있게 먹는다. 참으로 즐거운 요리생활이다. 그러고는, 그 요리랄 것 없는 요리를 먹으며 나의 음악생활을 생각한다. 나의 음악생활도 이처럼 단순하지만 즐거웠으면, 나의 노래도 가미되지 않았지만 그리하여 날것 본연의 투박하고도 생생한 맛을 품고 있었으면, 누군가는 그 맛을 알아채고 맛있어 해주었으면. 겨울에는 겨울을 살고 여름에는 여름을 살아 그 계절, 그 시절에 탐스러웠으면, 고마운 마음의 땅에 단단하게 뿌리내려 튼실하게 자랐으면, 나도 몸과 마음으로 노래의 밭을 일구는 성실한 농부가 되었으면, 하고 바라는 것이다.

봄의 길목이니 곧 유채나물이 나올 시간이다. 그걸로 내가 뭘 할 수 있을지 모르겠지만 일단 한아름 산 뒤에 정성으로 씻고 봐야지. 뭐, 세상에서 제일 쉬운 시금치나물도 이미 마스터하지 않았던가.

ueberry & Strawberry

기다리는 일

기다리는 것 외엔 달리 할 수 있는 게 없었지.

그저 기다리고 또 기다리는 거야.

점심시간을 기다리고 수업이 끝날 시간, 퇴근시간을 기다리듯이. 273번 버스가 오기를. 계절이 바뀌기를. 길 가다가 반가운 사람 우연히 마주치기를. 주문한 차와 식사가 나오기를. 꽃이 나비를 기다리듯 가볍게 혹은 욕심 없이 기다리지.

지루한 영화가 어서 빨리 끝나기를. 친구의 반복되는 푸념이 사라지기를, 그리고 웃기를. 불면과 이별하며 살기를. 지친 밤이 가고 아침 해가 빛나기를. 그래서 아침이라면 상쾌하기만 하기를. 내가 고백을 하면 그 사람이 "나도 좋아" 하고 말해주기를. 깊은 상처에 딱지가 내려앉고, 언젠가는 아물기를. 저곳으로 갈 기차가 어서 오기를, 우리의 아픔이 사그라지기를 기다리는 것처럼 간절하고 소중하게 기다리지.

기다리는 건 설레기도 했지만 지리하기도, 괴롭기도 했어.

아직 오지 않은 것들, 오고 있는 중인 것들, 혹은 영영 오지 않을지도 모르는 것들을 그렇게 가만히 기다리는 거야.

그러는 동안
많은 순간을 만났어.

어느 순간 노래가 흘러나왔어. 봄처럼 갑자기 왔다고 생각했지. 꽃처럼 갑자기 피어났다 여겼지. 그런데 그건 갑자기 온 것이 아니었어. 겨우내 우리가 그토록 기다리고 기다린 끝에 봄이 온 것처럼, 기다리고 있었기 때문에 온 것들이었어. 기다리는 동안 만났던 많은 순간들이 데리고 온 것들이야.

그래서 나는 기다리고 있어.
언제나처럼, 늘 그랬던 것처럼, 또.
그저 기다리는 것 외엔 달리 할 수 있는 게 없어 보여. 멜로디가 오기를, 봄처럼 오기를, 당신이 오기를, 기다리고 또 기다리는 거지.

쓸쓸하고도 설레고도 가깝고도 먼 이야기겠지.
결코 끝나지 않을 우리 이야기.

사랑이 온다

1.

몇 번의 사랑을 하고, 그만큼의 이별을 했다. 사랑이었다 말하기 뭣한 사랑도 있었다. 하지만 뭉뚱그려 '사랑이었다'고 말해야겠다. 그 순간의 감정을 지금에 와서 구분지어 무엇할까. 사랑이 아니었던 것은 그만큼 쓸쓸함만 두고 갈 것이다. 지난 사랑에 대해서는 강렬했던 순간 몇 개를 빼고 거의 모든 것을 잊었다. 당신이 내가 시킨 비빔밥을 가져가 숟가락으로 쓱쓱 잘 비벼서 내게 밀어주었을 때, 눈물이 나는 것을 꾹 참았었다. 땅끝을 향해 함께 걷던 고요한 길, 오후의 붉은 해가 바다로 뛰어들고 있었기 때문에 그 순간 당신을 조금 더 사랑하게 되었었다. 마음을 고백하며 슬며시 내 손을 잡은 당신 손에 땀이 흥건하여, 나는 떨리면서도 기분이 좋았다. 그 이후로 나는 손잡는 작은 일을 참 소중히도 대했었다.

술을 마시지 않는 당신 덕분에 나는 식당에서 반주를 하는 사람이 되었고, 술을 사랑하는 당신과는 기억의 반이 술 먹은 일이다. 문득 잠결에 당신이 내 이마에 입맞추고 있는 것을 느꼈을 때, 너무 행복해서 일부러 눈을 뜨지 않았었다.

당신이 곁에 있다는 사실은 따뜻함을 넘어서는 일이었다. 말로 설명할 수도 없는 것들을 당신과 나누었다. 당신은 가족과 친구와 달랐지만 가족보다 친구보다 내게 가까이 있었다. 당신을 빼놓고 나의 나날을 이야기할 수 없는 시절도 있었다. 당신이 나인 것 같았다. 늘 무언가가 마음에 넘쳤다. 사랑의 쓸쓸함과 고독조차도. 그러고는, 잘 짜인 각본처럼 자연스럽게, 혹은 늘 들어맞지 않는 일기예보처럼 당황스럽게 그렇게 이별했다. 당신과 이별할 때는 세상이 떠나갈 듯이 함께 울었고, 붙잡는 당신을 나는 매정하게 뿌리쳤었다. 당신은 내게 뒷모습을 보이며 걸어나갔고, 당신은 하필 그날에 내게 줄 꽃다발을 안고 왔었다. 그리고 이제 더이상 당신은 나의 '당신'이 아니었다.

2.

세상에는 사랑 노래가 그렇게나 많은데, 나는 정작 사랑을 노래할 수가 없었다. 지금도 그렇다. 사랑은 내게 노래가 될 수 없는 시, 벙어리 여가수가 부르는 노래 혹은 바람이 추는 춤 같은 것이다. 굳이 노래해 무엇 할까, 사랑은 내게 질감이고 냄새고 일렁임이다. 촛불처럼 일렁이고, 파도처럼 일렁이고, 현기증처럼 일렁이느라 바빠서 노래할 정신이 없었다. 노래하지 않아도 그 일렁임으로 충분히 행복하였고, 어지러웠고, 아팠다. 그럼에도 나 역시 항상 사랑에 닿고 싶었으므로 '사랑이여, 내게 오라' 혹은 '사랑이 정답, 정답은 사랑' 같은 구름빛을 닮은 흐릿한 노래들을 중얼거리곤 했었다. 그리고 그 '사랑'이란 것은 어느 날에는 남자의 품을 두고 하는 말이었고, 어느 계절엔 꽃들에게 느끼는 애틋함, 또 언젠가는 머리 희끗한 노인의 뒷모습을 바라보는 눈길, 어느 밤에는 바람을 흠모하는 마음이기도 했다. 내가 오류를 범한 부분이 있다면 한 사람과 나누는 사랑이 없어도 다른 사랑만으로도 충분하다고 단정지었던 것이다. 자연과 연민과 애정 하는 마음만 가지고도 그 시절을 잘 살았다고 생각했다. 그런데 지금에서야 '마음에 사랑 하나 없는 것이 얼마나 슬픈 일인가'라는 문장을 일기장에 적을 적에 그 '사랑'이란 연인과 나누는 사랑, 그것이었음을 알아챈 것이다. 손을 잡고 걸어가는 연인들, 나란히 함께 가는 연인들, 지독하게 서로를 나누는 연인들, 그들만이 가진 사랑은 다른 모든 것을 얼마나 더 사랑스럽게 만들어주었을 것인가. 만사에 대한 내 사랑은 가짜가 아니었지만 더 빛나지는 않을 거라는 걸 알게 되자 세상에 그것만큼 쓸쓸한 일이 또 없었다.

어느 날에, 사랑 하나 없는 내 마음이 너무 시려서 밤새도록 바스락거렸다. 사랑의 자리는 사랑으로밖에 채울 수가 없었다. 거기에만 들어맞는 볼트와 너트 한 쌍처럼. 다른 걸로도 채울 수 있다 착각해서 나는 그렇게 엉성하고 삐그덕거렸던 거다.

3.

갑자기 시야에 초점을 잃었다. 하나로 가득찼기 때문이다. 온통 당신의 얼굴로 가득하다. 보고 싶다. 보고 싶다. 보고 싶다. 온통 가득찬 당신의 얼굴이 너무나 보고 싶어서 눈을 감는다. 눈을 감으면 손을 뻗어 그 얼굴을 만지고 싶어서 눈을 뜬다. 사랑이 왔다. 폭풍처럼 왔다.

나는 말을 믿지 않는 사람이지만, 그러면서 쓸데없는 말을 많이도 하지만, 그래서 당신의 말들이 좋았다. 당신의 말은 몸짓 같았다. 단아하고 순진한 몸짓, 유연하고 그러나 명확한 몸짓. 진심을 담아 건네는 소박한 인사 같기도 했다. 그 인사는 모두에게 건네졌지만, 내가 제일 크게 답하고 싶었다. 그걸 당신이 들을 수 있으면 좋겠다고 생각했다. 가끔씩 우리가 내뱉는 단어가 정확하게 일치하기도 했다. 내가 한 말 뒤에 당신은 같은 말을 했고, 당신이 한 말에 나는 고개를 많이 끄덕였다. 이게 다다. 이것이 사랑이냐고?

사랑이다. 함께 고개 끄덕이며 이야기 나누고 싶은 것. 당신 이야기를 자꾸 듣고 싶은 것, 들으면 모두 이해할 것 같은 것. 동의가 아닌 이해. 당신도 내 말을 알아줄 것 같은 것. 그래서 자꾸만 당신이 보고 싶은 것. 그것은 사랑이다.

많은 사랑이 가고, 다시 사랑이 온다. 당신에게는 오지 않고 내게만 왔을지도 모른다. 그러나 당신을 사랑하겠다. 이제 당신을 향한 사랑의 노래를 부르겠다. 노래는 바람이 추는 춤 같을 것이므로 들리지 않을지도 모른다. 그러나 나는 저 그리스인 조르바처럼, 가장 소중한 순간에 그가 가장 자유롭게 연주하던 산투르, 그 짐승 같은 몸짓으로 그렇게 노래하련다. 노래여, 당신에게 가닿기를!

4.

당신이 나이가 들면, 조르바 같은 사람일 것 같다.

나의 꼬마에게

아이야, 너의 엄마가 너를 가졌다는 소식을 전했을 때 온 가족이 참 기뻐했다. 당연한 일이겠지만, 무척 신기하기도 했고 말이야. 너는 우리집의 첫아이였으니까. 나는 우리 언니가 엄마가 된다는 사실보다 내가 이모가 된다는 사실이 더 놀랍고 당황스러웠는데, 그래서 마냥 기뻐할 수만은 없었던 것 같아. 무거운 돌덩어리 하나가 마음에 들어찬 것 같기도 했어. '이모'라는 말은 내게 아주 각별하다. 우리 이모들 말이야, 옥이 이모, 심이 이모, 잔미 이모…… 이 이름들을 부르기만 해도 내 마음에는 사랑이 가득차 금세 가슴이 뜨거워진단다.

이모들이 나를 업어 키웠다고 했어. 할머니가 너의 엄마를 키우며 할아버지를 돕느라 나를 잠시 외갓집에 맡길 수밖에 없었다고 했어. 나는 그때 아가였으니까 기억이 나지 않지만 나를 업어 재우고, 우유를 먹이고, 울음을 달래주던 이모들의 품을 내 심장은 기억하고 있는 것 같아. 어린이날이나 크리스마스가 되면 잔미 이모는 단정한 글씨로 항상 예쁜 카드를 써 보내주었고, 가끔 데이트를 할 적에 우리를 데려가기도 했지. 청춘남녀 사이의 오묘한 긴장감 같은 것은 알 바 없이 미래의 이모부가 사주신 아이스크림을 달게 먹었던 기억이 난다. 옥이 이모는 매번 나를 보기만 하면 뭐 해줄까, 이거 해줄까, 저거 해줄까, 이거 먹을래, 이것도 좀 먹어라, 하며 맛있는 것들을 내 앞에 잔뜩 차려주기 바빴고, 이제 할머니가 된 심이 이모는 매일 손녀딸을 업고 아가를 재울 때 내 노래를 듣는다고 했다. 서른이 훌쩍 넘은 사람도 '이모' 하고 부를 때면 언제나 다시 아이가 되는 것은 '이모'는 그런 존재이기 때문일 거야. 내게 이모는 그런 사람이지. 엄마와는 또다른, 하지만 엄마와 다를 바 없는 품. 그런데 내가 이모가 된다니. 참 아득하고 막막했던 것 같아. 나는 우리 이모들이 내게 준 그런 사랑을 너에게 줄 자신이 없었다. 그래서 아직 태어나지도 않았던 너에게 미안하다고 말하고 싶었는지도 몰라.

나는 역시나 너에게 참 미안했다. 뽀얗고 토실토실한 너를 안고 있다가도 삼십 분만 지나면 힘들어서 너의 엄마나 나의 엄마에게 너를 떠넘겼고, 가까이 살면서도 그 귀여운 것 자주 보러 가지도 못했지. 네가 첫걸음마를 시작하고, 첫 단어를 발음했다는 이야기를 들었을 때도, 말이 능숙해져 예쁜 소리를 이것저것 내뱉는다는 소식을 들었을 때도 아, 그래? 하며 무덤덤했던 것 같아.

나는 어떤 사람이었던 걸까. 무엇을 한다고 아가의 웃음도 울음도 듣지 않고 혼자 멀리 있었던 걸까. 뭘 하는 사람이었든 그런 이모일 수밖에 없었다는 건 핑계도 되지 못할 것 같다. 한 번뿐인 우리의 시간은 그렇게 흘러버렸구나.

기억할지 모르겠지만 너는 나의 노래를 참 아껴주었어. 세 살인가 네 살인가 아직 또박또박 말을 하지도 못하던 너는 할머니나 너의 아빠가 틀어놓은 나의 음악들을 듣고 언젠가부터 흥얼거리기 시작했었지. 혀짧은 소리로 "이 뎡도노, 이 뎡도노" 하기도 했고, 사랑이 뭔지도 모르면서 "오, 샤냥이여 내게노 와 이 마음 부태여주어나—" 하기도 했어. 이것을 처음 들은 너의 엄마나 할머니는 너에게 뛰어난 음악적 재능이 보인다며 아주 즐거워했지만 나는 좀 달랐다. 나는 감동받았어. 아무도 몰라주던 노래를 네가 그렇게 알아주었으니까. 말도 못하는 아이가 그 노래를 그렇게 불러주고 있었으니까. 아이야, 참 고마웠다. 세상 누구도 몰라주면 어떠냐, 이 아이가 이렇게 느껴주는데. 너는 내게 온 마음의 응원을 보내주었던 거야. 누구의 것과도 비교할 수 없는 커다란 응원이었지. 시간이 흐르고 너의 입에서 "양양 이모 말고 뽀로로, 뽀로로 노래—"라는 말이 나오기 시작했을 때 우습게도 나는 조금 서운했는데, 그건 질투라기보다는 상실감, 허무함 같은 것이었지. 가장 열렬한 일등 팬을 잃은 느낌이었다고 할까. 하하, 아니다. 아이야, 나는 정말이지 행복하고 고마웠다.

너의 가족이 몇 년간 멀리 떠나 있게 되고 내가 잠시 그곳에 머물렀을 때, 우리는 한 달이나 밤낮으로 함께 지냈는데도 널 위해 무언가를 했던 기억이 별로 없다는 것을 나는 지금에서야 후회를 하는 거야. 그때 집 앞 놀이터에 함께 자주 갈걸. 그네를 힘껏 밀어주고 시소를 콩콩 태워줄걸. 동화책을 더 많이 읽어줄걸. 내가 목소리를 바꾸어 아저씨 흉내를 내고 호랑이 흉내를 내고 방귀 소리를 뿡뿡 낼 때 너는 숨넘어갈 듯 깔깔 웃어주었는데, 재미있어 해주었는데……. 내가 좋아했던 그 바다에 너를 데려가서 흙집을 짓고 놀걸. 모래 위에서 공도 더 신나게 찰걸. 밤에는 옷을 더 입혀서라도 옥상에 데리고 올라가 내가 보고 있던 별을 네게도 보여줄걸. 그 별을 보고 네가 하는 이야기를 잘 들어볼걸. 그랬다면 너는 누구도 상상하지 못하는 어여쁜 이야기를 들려주었을 텐데. 그래주지 못한 내가 너는 밉지는 않았니? 서운하지 않았니? 나는 지금도 너에게 참 미안하다.

며칠 전 오랜만에 너와 통화를 한 뒤, 한참 동안 나는 너를 생각했어. 너는 그사이 많이 의젓해진 것 같았어. 나는 나의 꼬마가 벌써 학교에 다닐 나이가 되었다는 걸 여전히 믿을 수가 없다. 수업 시간에 숲속에서 눈을 감고 바람 냄새, 나무 냄새를 맡아보았다고 했지. 싱그럽다고 했던가, 향기롭다고 했던가. 그 이야기를 너와 다시 나누고 싶다. 너는 아마 내가 맡지 못하고 듣지 못하는 것들을 맡고 들었을 테지. 할머니를 꼭 안아주는 네 마음에는 누구보다 사랑이 많다는 걸 아니까. 사랑이 많은 사람은 아주 작은 것까지 보고 들을 수 있는 법이거든. 그래서 나는 네가 많이 부럽다. 피아노 배우는 이야기를 하면서 너는 또 깜짝 놀랄 말을 해주었는데, 그 말은 절대 잊지 못할 거야. 피아노를 치면서 노래를 만들기도 한다는 말에 내가 물었지.

"노래를 만드는 것이 어렵지 않아?"

너도 알다시피 나도 노래를 만들지만 아무래도 그게 참 어렵더란 말이야.

"나는 안 어려운데. 어떻게 하느냐면요, 피아노에 손을 올려놓고 어떤 음들을 그냥 눌러보는 거예요. 음, 그런 다음에 그 소리들을 가만히 듣고요. 음, 듣고 있다가 어떤 느낌이 들면 그 느낌대로 노래하면 돼요."

양양 이모는 왜 구름처럼 가요? 함께 차를 타고 가던 어느 날, 창밖의 하늘을 보며 네가 그렇게 물은 적이 있었다. 내 노래 가사 중에 '하늘에 구름이 흘러가. 서두르는 법이 없지. 난 구름처럼 갈 거야' 하는 부분을 염두에 둔 질문이었을 것이다. 그때 내가 뭐라고 대답했는지 기억이 나지 않지만 분명한 건 지금의 너처럼 멋진 대답을 주진 못했을 거라는 거야. 부끄러운 노릇이지만, 그래서 너에게 또하나 배운다. 내가 어떻게 노래를 만들고 어떻게 노래해야 하는지를. 내가 고민하고 찾고 싶어하던 가장 중요한 질문에 대한 답을 네가 이렇게도 명쾌하게 해주었어.

그때 잠시 함께 지냈던 너희 집 2층 방에서 만든 노래가 있어. 나는 혼자 방에서 노래를 하고 있었고 그때 네가 빼꼼히 문을 열고 들어왔지. 이 노래에는 그래서 네가 있다. 노래가 완성되기도 전에 나는 어떤 장면을 하나 떠올렸는데, 바로 이런 거야. 내가 혼자 노래를 부르고 있을 때 네가 내 방으로 들어와 조용히 곁에 앉는 거야. 가만히 이모의 노래를 들어주다가, 아니면 옆에서 혼자 블록을 쌓거나 그림을 그리다가 나중에는 곁으로 와 나의 노래를 조금씩 따라 부르는 거지. 그것은 합창이 되겠지. 랄라라라, 랄라라라…… 너의 어여쁜 목소리 위에 나는 살며시 화음을 넣을게. 어때? 함께해줄 수 있겠어?

아이야, 사랑하는 나의 조카 지오야. 노래가 완성되면 제일 먼저 너에게 이 노랠 들려주고 싶어. 이모의 노래를 들어줄래? 가장 솔직한 마음으로 노래할게. 가만히 귀기울이다 내뱉을게. 그럴 적에 이 노래를 누구보다 네가 느껴주면 좋겠다. 맨 처음 나의 노래를 아껴 불러주던 네가, 이 노래를 들어주면 좋겠다. 그러면 나는 또 한번 세상에서 제일 행복한 가수 이모가 되겠지?

이제 곧 일 년 만에 우리 만나겠구나. 소풍을 가자, 함께 연극을 보자, 말은 많이 해두고 아직 준비한 게 하나도 없다. 딱 하나 완벽하게 준비한 게 있는데 그것은 나의 품. 그리움과 미안함과 사랑이 가득차 있는 품. 그 품으로 너를 꼭 껴안아줄게. 그 품이 비록 나의 이모들 품보다는 작고 보잘것없다 해도, 그래도 활짝 펼쳐두고 기다릴게. 네가 날 안아주었을 때 느낀 그 벅찬 사랑을, 내가 널 안아줄 때 네가 느낄 수 있다면……. 어서 와라, 나의 조카야. 하나뿐인 나의 조카 김지오야.

노래는

이유를 묻자 슬픔이 시작되었다. 설명될 수 없는 것이 마음의 일이라면 나는 악착같이 그편에 머무르고 싶었다.

'왜'를 생각하는 날마다 나는 울었다.

방법을 고민하자 모든 것이 지루해졌다.

춤을 어떻게 추는지 몰라서 나는 춤을 못 춰요.

이것이 내가 내뱉는 말 중에 가장 멋이 없는 말임을 진작 알고 있었다.

'왜'를 빼고, '어떻게'도 빼면, 남는 것은 나. 남는 것은 노래.

온전히 비어 있는 것들.

주어와 목적어가 전부인 세상을 늘 꿈에서 만난다.

나는 거기에서부터 다시 시작한다. 불순하지 않은 곳에서부터.

나는 노래한다.

노래는 흘러간다.

PART 02

기차는 떠나네

강릉행 무궁화호 열차

서울 하늘 아래여서 억울한 밤이 있다. 똑같은 별과 달인데 이 하늘에서는 도무지 빛나지가 않아 잔뜩 심술이 나는 밤. 그런 날에는 이불을 머리끝까지 뒤집어쓰고 하늘 같은 것은 보지도 말고, 저쪽 하늘 같은 건 더더욱 생각하지도 말고 그냥 잠을 청하는 것이 상책이다. 그리고 다음날 날이 밝으면 나는 짐을 꾸려 저쪽 하늘이 있는 곳으로 간다.

지난겨울의 기차여행도 그런 식이었다. 그 밤에 무엇이 그리 억울했는지, 밤을 잘 보냈는지 어땠는지는 기억이 나질 않지만, 이미 떠나겠다는 마음이 서버렸으니 그 설렘으로 아마 몇 번을 뒤척였을 것이다. 뒤척이면서도 즐거웠을 것이다. 다음날 청량리역으로 가서 열차 시간표를 살폈다. '그곳까지 가는 데 시간이 많이 걸렸으면 좋겠다'는 것과 '도착하면 눈앞에 밤바다가 있었으면 좋겠다'는 것이 이 여행에서 바라는 전부였으므로 목적지를 선택하는 것은 그리 어려운 일이 아니었다. 아주 느린 기차가 닿는 바다, 그곳으로 가면 되는 것.

오후 두시 즈음에 이곳을 떠나면 밤이 될 무렵 그곳에 도착하게 되는 기차를 탔다. 기차가 익숙한 도시 풍경을 벗어나 느긋한 초록 사이에서 한숨을 돌릴 시간이면 나도 똑같이 나른한 숨을 쉬었다. 한동안 덮어두었던 책도 이참에 다시 펼쳐 몇 줄을 읽고, 글자가 피곤해지면 창밖으로 지나가는 풍경을 하염없이 바라보았다. '하염없이'라는 단어는 이 순간을 위해 만들어진 것은 아닐까 생각하면서. 기차를 타고 있으면 어느 순간 모든 것이 아득하게만 느껴지는데 그것은 지금 내가 여기에도 저기에도 머물러 있지 않기 때문이다. 나는 오롯이 기억 속에만 머물러 있다. 기차에서는 늘 엄마가 무릎에 어린 나를 눕혀두고 귀를 파주던 장면이나 옛 애인과 함께 걸었던 가을날의 길모퉁이, 그날의 공기 같은 것이 떠오르곤 한다.

이 기차가 이렇게 오래 달리는 데는 다 이유가 있었다. 물론 빠른 신식 기차가 아닌 까닭이기도 했지만 그것보다 기차는 정말 많은 곳에 멈추어 섰기 때문이다. 마치 우편배달부 아저씨처럼, 참견 많은 옆집 할머니처럼, 기차는 부지런히 멈추고는 사람들을 배달했고 소식을 전해 날랐다. 기다리던 반가운 소식도 있었을 테고 영영 떠나는 길인 사람도 있었을 것이다. 그 사람에게 잘 가라 손 흔들어주는 이가 있었을까. 이별이 아쉬워 쳐다보지도 못하고 닭똥 같은 눈물만 흘리고 있었을까. 기차는 영월, 예미, 민둥산을 들렀고, 고한,

태백을 넘어 도계, 동해, 묵호까지 어떤 마을도 잊지 않고 방문했다. 생전 처음 듣는 이름도 많았다. 사북을 지날 때에는 수첩에다가 '사북에는 뭐가 있길래 이렇게 많은 사람들이 왔다 가시나' 하고 적었다. 나는 그곳에 뭐가 있는지도 모르면서, 또한 그리운 사람이 있는 것도 아니면서 기차가 작은 간이역에 멈추어 설 때마다 마을 마을과 정이 들었다.

여섯 시간은 이 모든 것들을 지켜보느라 내겐 바쁜 시간이었지만 오후가 저녁이 되고 저녁이 밤이 되는 데는 충분한 시간이었다. 종착역인 강릉역에 도착하자 낯선 도시의 바람이 불어왔다. 그럴 리 없었겠지만 어렴풋이 파도 소리가 들리는 듯도 했다. 나는 가만히 서서 소리내어보았다. "바다다."

그날 밤의 이야기는 대충 이렇다. 나는 택시를 타고 기사님께 '작고 조용한 바다, 밥 한 그릇 먹을 수 있는 식당이 한두 개는 있는 바다'로 데려가달라고 부탁드렸고 기사님은 잠시 고민을 하시더니 안목해수욕장이라는 곳에 나를 내려주었다. 역시 처음 듣는 이름, 낯선 것은 내게 두려움보다는 설렘을 준다. 나는 바닷가에 있는 작은 방을 하나 잡아두고, 근처의 식당에 가서 회를 한 접시 시켜놓고 소주를 한잔 마셨다. 횟집 사장님이 권해주신 가자미 세꼬시란 것을 참 맛나게도 먹었다. 소주를 마시며 수첩 빼곡히 무언가를 적었고 그런 나를 아저씨는 신기하다는 듯이 자주 쳐다보셨다. 밤이 깊어 방으로 돌아와 창문을 활짝 열어두고 바다를 바라보았다. 이런 하늘에 어김없이 떠 있는 달도 흔들흔들 바라보다가 꿈도 없는 단잠을 깊게 잤다. 다음날 눈을 뜨자 들려오는 것이 파도 소리라 그게 꿈인가 했다. 다녀간 흔적없이 방을 정리하고 나와 햇살에 출렁거리는 파도 곁을 잠시 걸었다. 한적한 카페에 들어가 커피를 한잔 마시며 책을 읽었던가, 편지를 썼던가, 그러다 꾸벅 졸았던가. 분명한 것은 그래, 이만하면 되었다, 즐거웠다, 안녕. 바다에게 인사를 남기고 미련 없이 돌아서던 길에 마음이 조금 웃었던 것, 그것이다.

돌아오는 기차는 이십 분이 더 소요되었다. 나를 비워낼 시간이 이십 분 더 주어진 셈이었다. 어제 달려온 길을 되돌아가는 중이었지만 분명 어제와는 다른 풍경을 나는 보고 있었다. 떠나온 길에 본 것이 커다랗고 넓고 깊은 꿈 같은 것이었다면 돌아오는 길에 본 것은 작고 좁고 면밀한 것들이었다. 나는 저 빨간 지붕 집 마당에 널려 있는 빨래들, 작은 골목길 사이로 아이를 쫓아가는 강아지, 마을 어귀에 나와 앉은 할아버지를 보았다. 그 풍경들은 어딘지 모르게 애잔했고 시간과 상관없이 노을빛을 하고 있었는데, 그것이 현실이고 일상이었기 때문이리라. 나는 다시 그곳으로 돌아가고 있는 중이었다.

사북에서는 역시나 많은 사람들이 다시 올라탔다. 그들의 신발에는 흙도 묻어 있었고 눈도 묻어 있었다. 사북에는 겨울 산이 있나보구나, 나도 다음엔 사북에 한번 내려볼까. 돌아가는 길에 또 떠나는 생각을 했다. 가득찬 열차는 점점 시끌벅적해졌다. 아저씨들은 캔맥주를 마셨고 아이들은 소시지나 감자칩을 먹으며 오늘 있었던 일들을 이야기했다. 이야기들은 기사들의 무용담처럼 부풀려 있기도 하여 피식, 웃음이 났다. 만약 이것이 떠나는 기차였다면 나는 아마 무척 괴로웠을 테지만 돌아가는 기차였기 때문에 그 소란이 참 어울린다고 생각했다. 돌아가는 설렘도 있는 거니까, 나도 왠지 조금 설레었으니까. 그래서 나도 맥주를 한 캔 사 마시고 그리운 친구에게 전화를 걸었다.

스물네 시간 만에 돌아온 청량리역은 그대로였다. 당연하다. 하루 사이에 크게 바뀌는 것은 없다. 나도 그대로였다. 더 씩씩해졌다거나 큰 꿈이 생겼다거나 하는 일은 없었다. 단지 그날은 서울 하늘이어서 억울하지 않고 그 하늘이 조금 더 파래 보였다고 할까. 그리고 그리운 것이 어제보다 하나 더 늘었다고나 할까. 나는 멈추어 선 기차 꽁무니를 생각하며, 내가 달려온 시공을 추억했다. 생각보다 추억은 진했고 그것이 나를 살아가게, 또 떠나가게 할 것이라는 걸 안다. 한동안 뒤척임 없는 단잠을 잘 것이라는 것도…….

창가 자리

비행기는 너무 순식간에 이륙하거나 착륙해버리니까
떠나간다는 것을 돌아왔다는 것을 실감하기 위해서는
꼭 창가에 앉아
그 짧은 순간을 내다보아야 해요.

떠나간다, 돌아왔다.
그것을 알아채는 일이 여행의 시작과 끝.
아니,
여행의 전부일지도 모르죠.

이제 곧 떠날 시간

미치는 것은 그리 어려운 일이 아니다. 적어도 나에게는 그렇다.

여행에서 막 돌아온 사람을 만나거나 그 사람이 잔뜩 찍어온 사진을 보거나 하다못해 타인의 여행기를 읽거나 각 나라별 도시별 가이드북이 꽂힌 서점의 진열대 앞에 서기만 해도 나는 곧 미친다. 좀더 단단히 미치는 경우는 여행사 사이트에 나도 모르게 접속되어 있을 때, 나의 지난 사진 앨범이나 여행 수첩을 넘겨보게 되었을 때…….

하루하루가 무표정하고 삶의 온도가 미지근할 때는 미치겠더라도 해야 하는 것이 있다. 주머니에 여유로운 종잣돈이 없고 이곳에서의 일들이 겹겹이 놓여 있어 떠나지 못한다 하더라도 떠나는 꿈을 꾸는 것은 전적으로 선택의 문제다. 미치지 않은 채 미적지근하기보다는 순간이라도 미쳐 뜨겁기 위하여 공항으로 갔다.

느릿한 걸음걸이가 공항과 어울리지 않는다는 것을 처음 알았다. 나는 갈 곳이 없으므로 바쁠 것이 없는데 그곳에 있는 사람들은 곧 날아갈 참이었다. 또각거리는 승무원들의 구두 사이를 지나, 두 바퀴, 네 바퀴 캐리어 사이를 지나, 총총거리는 사람들이 흘러다니는 땅 위에서 나는 잠깐 길을 잃었다. 그들은 쿠알라룸푸르로, 댈러스로, 칭다오로, 밴쿠버로, 하노이로 날아갈 것이었고, 나는 땅 위를 그저 느릿하게 걸을 것이었다. 그럴 줄을 알았지만 생각보다 많이 서글펐다.

작별하는 사람들의 표정이나 떠나는 즐거움을 만끽하는 얼굴들을 바라보겠다 했는데 출국장 쪽은 차마 쳐다볼 수가 없었다. 뛰쳐 들어갈 것만 같았으니까. 마음은 언제나 제멋대로인 걸 알아서 마음만 떠나도록 보냈다. 그 마음이 내 마음인데 어째 마음과 이별하는 듯했다. 남아 있는 사람 마음은 이렇구나. 나는 그것도 모르고 매번 혼자 신이 나서 그곳을 통과했다. 뒷모습은 늘 남은 사람의 몫이다.

공항의 식당가로 올라가니 카페와 빵집 사이에 정자가 하나 있었는데 그곳에서는 떠날 채비를 하는 비행기를 볼 수 있었다. 떠나기 바빴던 나는 이곳을 스칠 일이 없었지. 이곳은 떠나지 못한 이들의 공간. 생각보다 많은 사람들이 앉아 나와 비슷한 모습으로 밖을 내다보고 있었다. 어째서 여기에 이러고 계실까 싶은 어르신들은 동네 앞 평상에 앉아 바람이 지나가는 것을 바라보던 것처럼, 떠나가는 자식에게 손 흔들던 모습으로 바깥을 응시하고 계셨다. 그 눈길이 머무는 곳에 무엇이 있는지를 나는 알 수 없었다. 청춘을 저리 보내고 시절을, 사람을 떠나보낸 그들에게는 더는 남은 것이 없어 쓸쓸하지 않을 것인가. 마지막 작별을 하는 순간까지 우리는 한결같이 그립고 아련할 것인가. 남은 뒷모습들이 그것을 묻고 갔다. 정자 옆에는 국악을 연주하고 있는 악사들이 있었는데, 그 순간 아리랑이 흐른다. 가혹하였다.

어째서 나는 떠나지 못해 안달하는 것일까? 떠나지도 않을 거면서 뭣 하러 여기까지 와서 떠나는 꿈이라도 꾸겠다 하는 걸까? 가장 단순한 답이 내게 있다. 좋기 때문이다. 정말 좋다. 대학 시절, 배낭을 메고 홀로 여행을 떠났던 그 순간부터 그랬다. 세상에 그런 낯선 길이 있는 것이 좋았고, 지도 한 장에 모든 것을 맡기고 걷는 것도 좋았다. 모든 답은 그 종이 위에 있었고, 틀려도 상관없었다. 걸음걸음에는 두려움과 막막함 같은 것도 묻어 있었지만 피할 수 없다는 사실을 온전히 받아들이고 나니 그것 또한 즐거움이었다. 그리고 당연히, 외로웠다. 그렇게 홀로 놓여본 적도 없었고 그렇게 멀리 있던 적도 없었으니, '외로움'이라는 석 자는 그대로 흡수되어 간간이 내 몸을 떨게 했다. 한참 뒤에 '오롯이'라는 단어를 만났을 때 그 단어의 냄새를 완벽하게 맡을 수 있었던 것은 몸을 떨었던 그 길 위의 시간들을 절대 잊을 수 없기 때문이다.

아주 아름답다는 도시의 야경을 보기 위하여, 어느 날에는 혼자 강 위의 다리를 수십 번 건너기도 했다. 여름밤의 해는 질 줄을 몰라서 그저 가만히 기다리는 수밖에 없었다. 다리 위에서 유리잔으로 천상의 소리를 만들어내는 사내를 구경하고, 인형들이 그 음악에 맞추어 춤을 추는 것을 보았다. 다리 아래 나무에 걸터앉아 일기장을 펴두고 떠다니는 낱말들을 적기도 했다. 풍경에 대한 이야기였을 것이다. 다리 위로 넘쳐나는 사람들, 다리 아래로 흐르는 강, 다리 곁에 홀로 앉은 나. 풍경 속에는 언제나 많은 이야기가 있었다. 그 숱한 이야기가 끝나고도 빈 시간이 많았다. 그리고 결국에 밤이 왔을 것이다. 책에서 일러준 것처럼 야경은 아주 아름다웠을 것이다. 제대로 나오지 않을 사진을 많이도 찍었을 것이다. 하지만 내가 기억하는 것은 결국에 보게 된 그 멋진 야경이 아니다. 나는 시간 속에 놓이는 법, 그 빈 시간 속에 놓였을 때 내게 찾아오는 것, 그 중 하나가 외로움이라면 그 외로움을 정면으로 바라보는 것을 그날에 배웠다고 생각한다.

그뒤로도 많은 길 위에 혼자 있었다. 수많은 생각들을 만났고, 내가 덮어두었던 나를 만나기도 했다. 길 위의 인연들은 거짓말처럼 모두 따뜻했다. 어느 날은 아침부터 밤까지 온종일 걸었고, 어느 날은 아무것도 하지 않고 바다 앞에 앉아 있었다. 지도 없이 다녔던 길도 있다. 그때도 겁날 것이 없었던 것은 어느 길이건 바다를 향해 가기만 하면 된다는 것을 알았기 때문이다. 길이 끝나는 바다 앞에서는 또다시 새로운 길이 시작되고 있었다. 길 위에서는 돋보기를 낀 것처럼 모든 것이 커다랗고 자세하게 보였다. 착각이겠지만, 보이지 않는 것들도 보이는 것 같았다. 그러니 길을 나서면 가만히 있어도 언제나 바빴고, 행복하였다.

단체여행을 떠나는 아주머니들 소리에 나는 다시 그 자리, 공항에 돌아왔다. 알록달록한 점퍼들이 그들의 들뜬 마음만큼이나 명랑하였다. 가방 속에는 김이며 고추장이며 깻잎 같은 것이 들었을 것이다. 낯선 곳에서 모국의 찬거리들은 느글느글해진 엄마의 속을 달래주겠지. 엄마들은 떠나서도 집 걱정, 남편 걱정 하실까. 아무쪼록 모든 생각 다 잊고 유쾌하게 놀다 오시기를, 소녀들처럼 깔깔깔 많이 웃다 오시기를……. 떠나지 못하고 남은 사람으로서 온 마음으로 그들을 배웅하였다.

무언가 미칠 만한 장면을 보지 못했지만 미련 없이 공항을 나섰다. 그곳에 쨍한 장면이 없었기 때문이 아니라 내가 보려 하지 않았기 때문이라는 것을 안다. 가기 전에 마지막으로 들른 입국장에는 돌아오는 사람을 기다리는 뒷모습들이 빼곡했다. 뒷모습들은 무척 따뜻하였는데, 돌아온 사람과 기다리던 사람이 만나면 그 뒷모습에서도 함박웃음이 터질 것이었다.

오늘처럼 공항에 그냥 오는 일은 앞으로 없을 것 같다. 출국장에 들어서고 입국장을 나설 때 공항은 공항으로서 완전하다. 누군가를 배웅하기 위해 조금은 쓸쓸한 뒷모습이 될 때, 누군가를 마중하기 위해 한껏 부푼 뒷모습이 될 때도 공항은 제 모습일 것이다. 그럴 때 오자, 그게 좋겠다.

불행하게도, 혹은 다행스럽게도 공항을 다녀와서도 나는 미치지 않았다. 미치지 않았는데 고맙게도 뜨거워졌다. 돌아오는 길에 선명한 꿈을 꾸었으므로. 다음 내가 가야 할 곳, 떠나갈 곳, 그 길에서 걷다가 만날 것들, 만나서 행복할 순간, 순간이 될 기억, 기억으로 남을 그리움, 그리움이 다시 꾸게 할 새로운 꿈까지…….

떠날 시간이 가까이 왔다.

인생의 노래들

음악을 하는 사람으로서 부끄러운 이야기지만, 저는 음악을 많이 듣는 편이 아닙니다. (이 말을 쓰면서도 부끄럽네요. 또 한번 반성합니다.) 새로운 음악을 발 빠르게 찾아 듣지도 못하고, 음악사에 아로새겨진 소중한 명곡들을 다 알지도 못하지요. 왜, 주변에 그런 친구들 있잖아요, 모르는 노래가(모르는 책 혹은 모르는 소식 또한) 없는 사람. 저는 가끔 그런 친구들을 며칠 따라다녀보고 싶다는 생각도 합니다. 그럼 얼마나 좋은 음악을 많이 만나게 될까 말이에요. 상황이 이렇지만 제게도 소중하게 아껴 듣는 인생의 노래들이 있는데요, 그중 몇 곡을 소개할까 해요.

좋아하는 음악이야 셀 수 없이 많지만 그것들이 내 인생의 노래가 되기 위해서는 마법 같은 찰나가 필요한 법이거든요. 그것은 순간의 일이지만 그때 어떤 어제를 보냈으며 어떤 오늘을 보냈는지, 그래서 마음의 결이 어떤 모양을 하고 있었는지도 분명히 큰 몫을 했을 거예요. 작은 일들 하나하나가 마음의 풍선에 바람을 조금씩 불어넣어 풍선이 이만큼 커져 있는데 누군가 마지막 한 번의 큰 입김을 불어주어서 풍선이 빵! 하고 터져버리는 거지요. 아니면 갑자기 어디선가 바람 한줄기가 훅 끼쳐와서 고요히 머물러 있던 풍선을 훨훨 날아가게 하였던가요. 저는 그 마법의 시간을 주로 길 위에서 만났습니다. 떠나온 기차 안에서, 골짜기의 버스 안에서, 낯선 길을 걸으며, 살아본 적 없는 방의 어둠 속에서……. 그러니까 이 이야기는 노래 이야기이기도 하지만 내가 떠났던 길의 추억에 대한 이야기, 길 위에서 훌쩍 날아가거나 빵! 터진 나의 풍선에 대한 이야기입니다.

콜드플레이, 〈더 사이언티스트The Scientist〉

이탈리아에 '친퀘테레'라는 다섯 마을이 있습니다. 해안의 절벽에 옹기종기 자리잡고 있는 이 마을들은 서로에게 닿으려면 기차를 타거나 걸어가야 해요. 두 가지 방법밖에는 없습니다. 자동차를 위한 길을 만들어두지 않았으니까요. 세상에, 자동차가 없는 길이라니! 그것만으로도 나는 헤픈 여자처럼 이 마을에 마음을 다 주고 맙니다. 이 낭만적인 다섯 마을 중 두번째 마을에서 며칠을 머물렀는데요, 그 며칠 동안 나는 혼자 보아선 안 되는 석양을 혼자 보며 지냈습니다. 그리하여 저녁은 사무치기도 했고 벅차오르기도 했어요. 낮에는 천천히 마을을 한 바퀴 돈 뒤 바다에 내려가 해를 쬐거나 수영을 했어요. 발도 닿지 않고, 큰 물고기들이 씽씽 헤엄치고 있는 깊은 바다에서 수영해본 적 있나요? 그것은 심연을 마주하는 일이었습니다. 시퍼런 물살에 몸을 던지기까지 용기가 조금 필요했지요. 함께였다면 그저 즐거운 물놀이였겠지만 혼자였던 나는 '이것이 인생이다, 몸을 던질래, 말래?' 하는 결연의 심정까지 되었던 듯해요. 두려움을 떨치고 뛰어든 깊은 바다는 그 넓은 품으로 나를 맞아주었어요. (결국 마지막날에는 바다와 한몸이 되어 이별하는 데 애를 먹기도 했지요. 함께 노닐던 물고기들과 작별인사 나누는 데도 한참 걸렸고요.)

내 방을 향해 올라가는 언덕길에는 몇 미터 간격으로 근사한 나무벤치가 있었어요. 길을 가다 말고 앉아 하릴없이 시간을 보내기도 했습니다. 이 길에는 젤라토 가게가 있어서 벤치에 앉아 있는 사람들은 거의가 아이스크림을 하나씩 들고 있었는데요, 꼬마들이나 할머니, 할아버지가 아이스크림을 먹고 있는 모습이 얼마나 귀엽고 사랑스러운지 나는 그때 알게 되었습니다. 언덕길 사이사이 하수구로는 바닷물 흐르는 소리가 났고요. 밤이 되면 어김없이 별이 쏟아졌고, 어느 밤엔 작은 광장에서 그 별들과 바다를 곁에 두고 노래를 불렀어요. 아주 작은 소리로 불렀습니다. 내 노래가 밤바다의 고요와 사람들의 깊은 침묵의 시간에 방해가 되면 안 되니까요. 〈노킹 온 헤븐스 도어Knockin' On Heaven's Door〉를 부를 때 저편에서 할아버지 한 분이 다가오셔서 가만히 노래를 들으시더니 가방에서 무언가를 주섬주섬 꺼내셨어요. 그것은 하모니카였습니다. 그러고는 나의 노래에 맞추어 작고 아름다운 소리로 하모니카를 연주하셨지요. 나는 할아버지를 바라보느라 잠깐 하늘을 놓쳤지만 그때 분명 별 하나가 반짝, 떨어졌을 겁니다. 별은 아름다운 것에 박자를 맞출 수 있을 테니까요. 노래가 끝나자 할아버지는 미소와 함께 내게 악수를 청하셨어요. "땡큐." "땡큐." 우리는 그렇게 인사를 나누었습니다. 나는 우리에게 '땡큐'라는 말이 있어서, 그 말을 진심으로 나눌 수 있는 시간이 있어서 얼마나 고마운지 모르겠어요. 고맙다는 말을 건넬 때 얼마나 두근거리는지도 알았지요. 참 좋은 인사를 품고 다정한 마음이 되어 잠들었고, 다정한 새소리에 잠에서 깨었습니다.

그날 아침, 높은 곳에 서서 오랜만에 귀에 음악을 꽂았습니다. 다닥다닥 절벽에 붙어 있는 집들이 장난감 같았지요. 장난감 같은 집들의 창문에 빨래가 널려 있지 않았더라면 나는 아마 아무도 살고 있지 않는 마을에 혼자 남겨졌다 생각했을 거예요. 그만큼 고요한 아침이었습니다. 집들의 꼬리가 끝나는 지점에 바다가 시작되고 있었어요. 이렇게 넓고 깊은 바다를 본 적이 있었던가. 바다는 어쩌자고 이렇게 넓고 깊고 반짝이는가. 이런 생각을 할 적에 귓가에서 피아노 선율이 흘러나왔습니다. 강한 터치의 음들은 불안정한 곳에서 안정한 곳으로 가기를 반복했고 그것은 넓은 바다 위에서도 끊임없이 일고 있는 파도의 모습과 다를 것 없었어요. 아, 아……. 눈물 한 방울이 흘렀습니다. 눈물은 그리움이기도 했고, 아득함이기도 했고, 벅찬 환희이기도 했을 거예요. 나는 잠깐 이 세상이 아닌 곳에 있었습니다. 높은 곳에 홀로 서서 엄마 같은 바다를 바라보면서 그 노래를 몇 번이고 반복해 들었습니다. 석양, 꼬마의 아이스크림, 할아버지의 하모니카, 바다 소리를 내는 하수구, 고요한 시간, 그 모든 것들이 스쳐지나갔습니다. 언제 다시 올지 모르는 내 사랑스런 마을을 떠나는 날 아침의 일이었어요.

에릭 클랩튼, 〈론리 스트레인저Lonely Stranger〉

중국을 여행하면서는 기가 찬 적이 많았어요. 도무지 말이 안 되는 광경 속에 자꾸 놓이게 되어서 그랬어요. 광활함과 광대함이라는 단어는 인간이 가질 수 없는 단어임을 실감하는 나날들이었지요. 눈앞의 장면들은 함부로 입을 놀리지 않고 그저 몸으로 보여주고 있을 뿐이었어요. 카메라를 내려놓고 글로 적는 것도 미련 없이 포기했습니다.

그날도 나는 고도 삼천 미터의 웅대한 산을 달리고 있었습니다. 깊은 산골 마을에 가기 위해서는 그만큼 깊은 길을 지나야 했습니다. 구불구불한 산길을 따라 아래에서부터 위로 올라가는 몇 시간 동안 눈앞에 펼쳐진 것은 산, 또 산이었어요. 감탄사를 내뱉는 것은 한두 시간이면 충분하였고, 그뒤로는 계속 한숨이 새어나왔지요. 아아, 아아. 옆 사람이 걱정할까봐 주로 입을 막았습니다. 상상할 수 있나요? 삼천 미터의 산 능선을 몇 시간이고 달리는 기분.

그 커다랗고 높은 산비탈에도 간간이 집들이 놓여 있었어요. 저렇게 높은 곳에 어떻게 집을 지었으며 무엇을 해 먹고살아가는가 하는 궁금증보다는 경외심이 일었습니다. 강인하고 끈질긴 인간 생의 경이로움과, 모든 것을 어떻게든 끝까지 다 품어주겠다는 자연의 포옹이 사무치게 아름다웠습니다. 버스가 힘을 내어 가장 높은 곳까지 올라왔을 때 우리는 그 까마득하던 설산의 곁에 서고 말았지요. 눈물이 흘렀습니다. 날카로운 산봉우리와 그 위의 눈과 그 곁의 태양이 만나 눈앞이 하얗게 빛났습니다. 나는 이것이 하늘의 끝인가 했습니다. 그 순간에 에릭 클랩튼의 〈론리 스트레인저〉가 흐르고 있었어요.

I'm a lonely stranger here.
I don't know what's going on, so I'll be own my way.

나는 무엇을 위해 이 길 위에 섰는가, 무엇이 이렇게 깊고 먼 곳까지 나를 오게 하였는가. 다시 한번 인생을 묻고 싶어지는 순간이었습니다. 나는 여행자였고, 이방인이었고, 알 수 없는 길, 그러나 가지 않을 수 없는 길을 가고 있었습니다. 분명 모든 것은 나의 뜻이었고 나의 선택이었는데 가끔 나는 낯선 곳에서 길을 잃고 처음부터 질문을 시작하게 되는 겁니다. 길을 혼자 걸은 지 두 달이 되어가는 그 시간에 다시 시작하는 질문. 나는 어디로 가는가. 길은 어디에 있을까. 나는 여기에 홀로 외로운 이방인. 눈 덮인 산만이 가만히 내 노래를 들어주고 있었습니다.

김광석, 〈바람이 불어오는 곳〉

바람이 불어오는 곳, 그곳으로 가네
그대의 머릿결 같은 나무 아래로
덜컹이는 기차에 기대어 너에게 편지를 쓴다
꿈에 보았던 길, 그 길에 서 있네
설렘과 두려움으로 불안한 행복이지만
우리가 느끼며 바라볼 하늘과 사람들
힘겨운 날들도 있지만 새로운 꿈들을 위해
바람이 불어오는 곳, 그곳으로 가네
햇살이 눈부신 곳, 그곳으로 가네
바람에 내 몸 맡기고 그곳으로 가네

기차를 타고 가는 길이라면, 어둠 속이 아니라면, 운 좋게 창가 자리에 앉았다면 이 노래를 들어봐. 이 노래를 알겠지만 그래도 다시 한번. 그렇다면 너도 어느새 눈물 한 방울을 만나고, 인생이란 여행길이 결국에 참 아롱져서, 그래서 너무 좋아서 혼자 감격하다가 종이 귀퉁이에 편지를 쓰듯이 가사를 옮겨 적게 될지도 몰라. 그곳으로 가고 있는 자신에게 보내는 편지 한 통. 언젠가 길 위에서 방향을 잃었을 땐 적어두었던 편지를 슬며시 열어봐도 좋겠다. 우리는 그때 바람이 불어오는 곳으로 가는 길일 테니.

존 덴버, 〈애니즈 송Annie's Song〉

여수에 갔던 것은 순전히 '옥상에 올라가면 바다가 한눈에 보이는 집'이 비어 있다고 했기 때문입니다. 떠나는 데에는 이 정도 이유면 충분하지 않겠어요. 빈집에서 나흘을 보내는 동안 주로 한 것은 마루에 앉아 노래를 부르는 일이었어요. 새로운 노래를 짓고 있던 시간들, 옮겨왔다 해서 더디게 진행되던 작업이 술술 이루어질 리는 없었지마는 그곳에서 노래를 부를 때에는 새들이 화음을 넣어주었지요. 즐거웠습니다. 새들과의 합창이 끝나면 골목길을 걸어 바다로 나갔지요. 이쪽 여객선착장에서 저쪽 빨간 등대까지 천천히 왔다갔다하다보면 해가 저물고 어둠이 내린 밤바다, 작은 다리에 불빛들이 내려앉습니다. 다리 저멀리서는 어김없이 〈여수 밤바다〉라는 노래가 흘러나왔고요.

하루는 버스를 타고 향일암에 다녀오기로 했어요. 일출이 아름답다는 곳이었지만 게을리 느지막한 시간에 출발했으니 명소에 바라는 것은 아무것도 없었습니다. 정확하게는 '향일암에 다녀온' 것이 아니라 '향일암까지 가는 버스를 타고 왔다'고 해야 맞겠습니다. 향일암까지 가는 버스는 만원이었어요. 하굣길에 오른 학생들이 있었고 중앙시장을 다녀오시는 할머니는 자리에 앉자마자 꾸벅꾸벅 졸기 시작하셨고요. 시내를 통과하여 버스는 섬으로 들어섰습니다. 오른쪽으로 고개를 돌려도 바다, 왼쪽으로 고개를 돌려도 바다인 그곳은 마음까지 사방으로 열어주더군요. 나는 항상 이런 것에 무너

지고 말아요. 며칠 동안 밤낮으로 생각하던 노래고 뭐고 없이 온전히 풍경 속으로 몸을 던지는 거지요. 안 될 것 있나, 미련 없이 생각을 비웁니다. 마지막 커다란 아파트에 학생들을 내려주고 나니 동은 리가 되고 리는 마을이 되었어요. 초겨울의 섬마을은 고요했지만, 그것은 내게 쓸쓸함이 아닌 아늑함이었습니다. 섬이 바다 위에 홀로 떠 있는 것이 아니라 바다가 섬을 감싸주고 있는 모양새였으니까요. 버스는 구불구불한 마을길을 묵묵히도 달렸습니다. 버스의 종점에 향일암이 있었기 때문에 길 끝에 남은 승객은 나 하나뿐이었지요.

"기사님, 이 버스는 언제 돌아가나요?"

이것이 하루종일 눈으로만 말하다가 입 밖으로 소리낸 그날의 첫 말이었습니다. 말없이도 지냈구나, 하루. 답이 돌아옵니다.

"한 이삼십 분 멈출 거니까 천천히 놀다 와요."

향일암까지 올라가지 않고 근처의 문 닫은 집 마당에 앉아 커피를 한잔 마시고, 바다를 보고, 그곳에서 들려오는 종소리를 듣고 놀았습니다. 그렇게 빈 곳에 놓인 기분은 오묘했습니다. 곁에 누가 있더라도 침묵할 수밖에 없을 것 같은 시간과 공간. 이런 순간은 많이 겪어도 늘 새롭습니다.

내가 타고 왔던 버스는 왔던 길을 다시 달릴 예정이었지요. 플레이어를 존 덴버의 〈애니즈 송〉에 맞춰두었습니다. 푸른 어둠, 짙은 바다, 겨울로 가는 마을, 잎을 떨군 나무들, 홀로 말이 없던 오늘에 음악 한 곡 더한다면 이 곡이 어떨까 했지요. 아주 멋진 선택이었어요. 음악이 흐르는 순간 눈물이 핑그르르 돌았습니다. 두고 온 것 많았지만 아쉬울 것 없었습니다. 이 노래가 애니에게 바치는 사랑 노래인지 어떤지는 몰라도 이런 사랑 노래라면 누구든 계속 불러주어야 하지 않겠는가 하는 생각이 들었습니다. 진심의 멜로디가 섬마을의 길을 따라 흘러다녔고, 나는 마음속 어딘가에 숨어 있을 슬픔까지 불러내어 함께 듣자 했지요. 행복은 이런 것이 아니겠는가. 입 밖으로 내기에 가장 겸연쩍은 단어가 저절로 새어나왔습니다. 오늘의 푸른 어둠과 짙은 바다, 외딴 마을, 잎을 떨군 나무들을 만나며 홀로 걸었던 길 위에서 듣는 노래 한 곡, 내 아픔에게도 들려주는 사랑 노래, 이것이 아니면 무엇이겠는가. 애달픔도 어여쁨이 되고 쓸쓸함에게도 사랑의 손을 내미는 이 노래는 삶을 많이 닮아 있었습니다. 섬마을 그 오롯한 길과 그날의 내 심정하고도요.

4박 5일을 머물렀던 여수에서의 시간을 생각하면 지금도 제일 먼저 떠오르는 것은 '향일암까지 가는 버스를 타고 다녀오는 길에 들었던 존 덴버의 〈애니즈 송〉'입니다. 이 노래를 들으며 나는 감히 슬픔도 아름답다고 말합니다. 파블로프의 개가 조건반사를 하듯, 그 노래를 듣는 순간은 언제건 덜컹거리거나 울렁거릴 것 같아요.

조용필, 〈바람의 노래〉

심상치 않은 밤이 될 것을 알았습니다. 전주가 흐르고 저 말들이 바람처럼 가슴에 불어들었던 시간은 가장 깊숙한 밤이었고, 며칠을 보냈지만 여전히 낯선 그 방에서 나는 멀뚱히 어둠을 바라보고 있었습니다. 여행자가 밤에 할 수 있는 일이란 낯선 공기, 낯선 어둠에게 매일매일 새롭게 말 거는 것뿐일지도 모르겠어요. 좋은 하루를 보냈겠지요. 여행을 하는 동안 좋지 않은 하루는 거의 없으니까요. 단지 감정의 무늬가 하루하루 다를 뿐이지요. 하지만 그날은 그 밤을 맞기 전에 어떤 감정 속에 있었는지 전혀 기억나지 않습니다. 이 노래 한 곡으로 그날이 귀결되었기 때문입니다. '살면서 듣게 될까, 언젠가는 바람의 노래를' 이렇게 시작하는 노래는 미풍으로 불어오다가 또다른 바람을 만나고, 흘러가다가 또다른 바람을 실어 결국에 태풍이 되었습니다. 아무도 깨어 있지 않은 고요한 밤, 낯선 방에서 홀로 태풍의 한가운데에 앉아 나는 많이 울었습니다.

눈물의 이유를 어떻게 설명할 수 있을까요? 동의를 구할 유일한 방법은 '들어보세요, 어느 날에 부디, 이 노래를!' 하고 이야기하는 것밖에 없어 보여요. 사 분이라는 시간 안에 모든 이야기가 있었어요. 삶, 사람, 사랑. 인생의 전부라고 생각하는 것들이 그 사 분 안에 아름답지만 강직하게 놓여 있었습니다. 바람처럼 꽃처럼 단단하게 말이에요. 풀지 못하고 품고 있어 늘 마음 한켠이 빽빽했던 인생이라는 질문 앞에 노래는 가장 명확한 답을 주었어요. 고개를 백 번이라도 끄덕이고 싶은 마음이 나를 그렇게 울게 했나봅니다. 그렇게 울다가 나는 조금 씩씩하게 눈물을 닦고, 나의 어제와 오늘이 아닌 내일을 생각하며 잠들었을 거예요. 이제는 더이상, 두려워도 두려울 것 없는 내일 말입니다. 꿈에서 바람을 만났을 겁니다. 바람은 정작 흔들리지 않았고, 흔들리는 것은 여리고 유연한 것들이었습니다. 커다란 선물을 받은 밤이었지요.

그 밤 이후로 모든 내일이 건강했던 건 아니에요. 구름 속이거나 비가 오는 날도 많았습니다. 하지만 그럴 때마다 나는 태풍의 한가운데 있던 그 밤을 떠올려요. 그리고 작지만 힘있는 목소리로 노래의 마지막 멜로디를 또박또박 불러봅니다. 답이 거기에 있으니까요. "이제 그 해답이 사랑이라면 나는 이 세상 모든 것들을 사랑하겠네. 이제 그 해답이, 사랑이라면, 나는, 이 세상 모든 것들을, 사랑, 하, 겠, 네."

당신, 울보입니까? 라고 묻고 싶어졌나요? 아니라고 말은 못하겠네요. 이 노래들을 만나는 시간, 늘 눈물을 흘렸다 했으니까요. 다시 말하면 눈물방울을 만난 노래들이 '내 인생의 노래'가 되었다고 할까요. 나는 이 눈물들을 사랑합니다. 만나고 싶어도 꼭꼭 숨어 있는 눈물이니까요. 눈물겹게 아름다운 인생의 장면을 만날 때 흐르는 눈물이에요. 길게 썼지만 하나도 설명되지 않았을지 모르겠어요. 하지만 또, 말하지 않아도 알 수 있는 거라는 생각도 드네요. 질곡의 삶에 누구에게나 이런 장면이 있을 테니까. 그리고 그럴 때 분명 눈물을 만나기도 했을 테니까요. 당신에게는 어떤 멜로디가 와르르 흘러들어 당신의 풍선을 터뜨리고 가던가요?

나는 내게 인생의 노래들이 있어 참 다행이라고 생각합니다. 그것들은 언제고 내 그리움을 보듬어줄 테니까요. 어느 날 카페에서, 버스 한켠에서, 길모퉁이에서 눈물 한 방울 흘리고 있는 나를 발견한다면 이렇게 생각하세요. 인생의 노래를 만났나보구나, 저이 지금 여수로, 깊은 산으로, 절벽 해안가로 다시 떠나 있구나, 생의 황홀한 장면 속을 여행중이구나, 하고요.

그러니 떠나는 것을 멈출 수 없겠습니다, 팍팍한 음악생활 중에 이런 인생의 노래를 만나려면 말이죠.

무엇이든 좋아

자전거를 타면 바람을 구경하고
버스를 타면 간판을 구경하고
지하철을 타면 사람을 구경하고
자동차를 타면 길목을 구경하고
기차를 타면 광활함을 구경하고
비행기를 타면 꿈을 구경하고
플랫폼에 앉으면 생각을 구경하고
걸으면
이 모든 것을 한꺼번에 구경한다.

rooklyn → Williamsburg

NO TRESPASSING

포켓 티켓

이사를 앞두고 짐들을 하나둘 정리하면서 책장에서 놀라운 물건을 발견했다. 우표를 꽂아두는 작은 포켓이었다. 언제부터 나와 함께 다녔던 걸까? 그 안에는 연도별 크리스마스 실과 종류별 가격별 우표가 나란히 꽂혀 있었다. 또 한쪽에는 소인이 찍힌 우표도 있었는데, 그것은 누군가에게서 받은 편지에서 떼어낸 것인 듯했다. 누군가는 내게 편지에다 무어라 적었을까? 편지와 그 사람 이야기는 온데간데없이 사라졌지만, 이렇게 우표는 남아 있다.

기억을 되살려보면, 그 시절 우표를 모으는 일은 특별한 일이 아니었다. 연말이 되면 적십자에서 결핵 환자들을 돕기 위해 발행한 크리스마스 실을 매해 학급에서 팔았다. 선생님이나 반장이 "실 살 사람?" 하고 물으면 손을 드는 학생이 꽤 많았다. 실을 사는 것은 예쁜 우표를 사는 것이 아니라 누군가를 돕는다는 것이었기 때문에 굳이 우표에 관심이 없어도 하나씩 사곤 했던 것 같다. 해마다 한 장씩 우표가 생기다보니 그것을 꽂아둘 포켓이 필요했을 것이고, 포켓에 그것을 꽂고 보니 빈칸에 다른 우표도 채우고 싶어졌을 것이다. 그래서 그 시절 취미가 '우표 수집'인 아이는 나뿐만이 아니었다. 생활기록부의 취미란에 나 역시 '독서'와 '우표 수집', '음악 감상'을 적어넣었던가? '겨울에 연날리기'나 '봄쑥 캐기' '창문에 입김 불어 낙서하기' 혹은 '나비 발견하면 노래 부르고 잠자리 발견하면 춤추기' '하루에 한 번 아빠 웃기기' 같은 것을 취미로 가졌더라면 지금쯤 나는 조금 다른 사람이 되지 않았을까.

우표들 중에는 아버지가 해외 출장을 갔다가 사 온 우표도 있었고, 종달새, 참새, 직박구리가 그려진 우표도 있었다. 사용할 수 없는 외국 우표들도 마치 그림을 수집하듯이 모았을 것이다. 그러고 보면 우표를 모으는 것은 좋은 그림을 소유하고 싶어하는 인간의 욕망을 어린 시절에 실현할 수 있는 하나의 길이었다는 생각이 든다. 나의 포켓에는 언제 다 모았나 싶을 정도로 각양각색의 우표가 잘 정돈되어 있었다. 그리고 88올림픽 마스코트였던 호돌이가 상모를 돌리고 있는 그림이 그려진 우표도 있었는데, 그 옆에는 부산 구덕운동장에서 열린 올림픽 축구 경기 티켓도 함께 꽂혀 있었다. 내가 올림픽 축구 경기를 관람하러 경기장에 갔었다고? 아무리 생각해도 나는 그곳에 있었던 기억이 없다. 내가 88올림픽에 대해 기억하는 것이라곤 티브이 중계로 보던 개막식에서 어떤 꼬마가 그 넓은 운동장에서 굴렁쇠를 열심히 굴리던 장면, 오로지 그것뿐이다. 내가 모르는 나의 기억이 포켓 속에 덩그러니 놓여 있었다.

소인이 찍혀 있는 우표들을 보니 소녀 시절이 떠오른다. 그때는 친구들과 편지를 참 많이도 주고받았다. 휴대폰이 없던 시절이니 편지를 애용하는 것은 당연한 일이었다. 교실 안에서도 서로 쪽지를 주고받고, 별로 중요하지 않은 이야기들도 편지로 나누었던 그때를 생각하면 소녀들의 감성이 얼마나 폭신폭신하고 달콤한 것인지를 새삼 깨닫는다.

중학교 때 같은 반 친구 중에 정윤이라는 아이가 있었는데 그 친구와는 정말 많은 편지를 주고받았다. 특이하게도 우리는 각각 다른 친구들과 친하게 지냈는데, 편지에서 우리는 누구보다도 가까운 사이였다. 누구에게도 말하지 못할 사춘기의 울렁임들을 나는 정윤이와 나누었다고 생각한다. 여드름 불쑥불쑥 솟은 빨간 얼굴처럼 뜨거운 것들이 속에 가득하던 시절, 그때 우리는 인생이 좀처럼 속을 알 수 없는 양파껍질 같은 것이라는 걸 전혀 눈치채지 못했기 때문에 인생 앞에서 좀더 솔직하였고, 순정했다. 밤에도 두근거리는 마음을 어찌하지 못하여 책상 앞에 앉아 친구에게 편지를 쓰는 그 시간이 없었더라면, 나는 자주 어지러워서 자주 비틀거렸을 것이다. 정윤이는 지금 어디에 있을까? 우리가 나눈 수많은 이야기들은 모두 어디로 사라졌을까? 모든 것이 자연스럽게 흘러가듯 그 시절의 친구들과도 헤어졌지만 작은 우표 한 장이 청춘의 여드름 자국처럼 남아 기억을 고스란히 품고 있다.

짐들을 정리하면서 많은 것들을 버렸다. 몇 년째 입지 않고 넣어둔 흰 티셔츠들은 색이 바래 있었고, 어느 여름밤에 뿌리겠다고 챙겨둔

눈스프레이도 다 말랐다. 오래된 연고, 용도를 잃은 플라스틱 상자, 심지가 빠져버린 양초, 내 발보다 두 치수가 큰 유행 지난 운동화, 이어 붙여 테이블보를 만들어야지 했던 천조각들……. 억지로 잡아두려 했던 기억의 꼬투리들을 미련 없이 다 버렸다. 진작 버려야 할 것들이었다. 그러나 우표가 든 포켓 앨범은 다시 책장에 꽂는다. 다음 이사 때까지 다시 열어볼 일 없을지도 모르겠지만 이것은 함께 가기로 한다. 아마 평생을 함께 갈 것이다. 작은 종잇조각 안에 나의 시절들이 있다. 다음번에는 또 어떤 기억이 날아들까? 꽃이 그려진 우표를 보면 어린 시절 뒷동산에 차고 넘치던 꽃들을 꺾어 집에도 꽂아두고 옆집 언니에게도 선물하고 했던 기억이 떠오르려나. 열 장이 한 판인 실 가운데 사라진 가장 예쁜 그림의 행방은 그 시절 흠모했던 선생님에 대한 이야기를 불러오려나.

평생을 함께 가는 것, 나는 그것을 추억이라 부르려고 한다. 어쩌면 인생은 추억을 만들고 추억을 기억하는 아름다운 시간여행일지도 모르겠다. 나는 언제고 시간여행을 떠날 수 있는 아주 소중한 열차 티켓을 하나 가졌다. 올 크리스마스에는 우체국에 가서 실을 하나 사두어도 좋겠다. 아홉 장은 겨울 안부편지에 다 붙여 보내고 한 장만 남겨두어도 괜찮을 것이다. 작은 우표 한 장이 아홉 개의 이야기를 제 것처럼 잘 품어줄 것이니까…….

이사

곧 이사를 떠난다. 이 년 하고도 칠 개월을 살았다. 창과 볕과 한 뙈기의 테라스가 있는 작은 방이었다. 아침이면 물을 마시고, 사과를 깎아 먹고, 커피를 끓여 마당에 나가 앉았던 나의 집. 풍경은 각박하였고 동네의 소음은 갈수록 처절하였지만, 사람의 횡포에도 새들은 너그럽게 우리와 함께 여기서 살아주었다. 옆 건물 전신주에 살던 새의 지저귐이 매일 아침, 나에게는 그럼에도 위로가 되는 노래였다.

살면서 많은 이사를 하였지만 이번 이사는 조금 애틋하다. 떠나야 하는 이유가 슬퍼서이다. 열한 가구가 살고 있는 건물. 옆집에 누가 살고 있는지를 모르는 도시의 쓸쓸한 주거였지만, 그래도 각자의 집에서 자신만의 결을 새겨나가며, 시간의 먼지를 쌓으며 잘 살아가고들 있었을 것이다. 그런데 이 건물 자체가 철거된다고 한다. 열한 집 모두가 이사를 가야 한단다. 그리고 이 자리에 상가가 들어설 것이라 한다. 이렇게 멀쩡한 집을 부수고, 이렇게 좋은 하늘을 막고 한다는 것이 고작 그런 일이다. 내가 앉았던 이 한 뙈기의 마당이 곧 허물어지고 벽으로 덮일 생각을 하면 나는 물을 마시다가도, 양치질을 하다가도 금세 가슴이 텁텁해졌다.

떠난다고 하니 별것들이 다 정 떼는 것을 돕는다. 한 번도 그런 적 없던 주방 싱크대의 개수대가 막혔고, 테라스의 하수구는 며칠 전 내린 빗물을 흘려보내지 못하여 마당을 홍수로 만들었다. 닷새 전에는 집에 돌아와 불을 켰더니 저쪽 벽 끝에 새까만 바퀴벌레 한 마리가 나를 바라보고 있었다. 놈은 숨어들지도 않고 오래도록 그 자리에 있었다. 새벽이 되면 사라졌다가 다음날 밤이 되면 다시 그 자리에 나타났다. 왜, 대체 왜? 나는 벌레를 어찌할 수 없는 사람이었기 때문에 그쪽으로는 가지도 않고 고개를 숙이고 다녔다. 계란노른자에 붕산을 섞어 놓아두면 박멸된다는 검색 결과들을 읽으며, 그러나 붕산 같은 건 살 생각도 못하고 허무하게 잠들었다. 사흘째 되는 날에 놈이 들락거리는 작은 구멍을 시트지로 막았다. 다행히 그 후로 바퀴벌레는 행적을 감추었지만, 집 어딘가에 그 아이가 있을 것을 생각하면 어쩐지 몸이 가려워왔다. 바퀴벌레야, 어쩌자고 지금 나타났니. 그래, 너를 두고 간다. 너는 잘 살아보아라. 어쩌면 참 시기적절하다, 너와 나.

그러나 어디 쉬운가. 바퀴벌레 하나로 이 집과 나누었던 그 수많은 시간이 붕산에 바퀴 박멸되듯 사라지는가. 나는 이 집에서 잠만 잔 것이 아니고, 정말로 울고 웃으며 잘 살았었다. 침대에 누워 가만히 바라보면 천장과 창틀이 아직 새하얗다. 나는 이 년 칠 개월 전에 이

집에 들어오면서 갈색을 하고 있던 모든 창틀과 몰딩과 문들을 하얗게 칠했고, 벽도 하얀 벽지로 새로 발랐었다. 시트지가 발린 창틀과 몰딩에는 페인트가 잘 묻어나지 않아 일곱 번, 여덟 번을 칠했다. 조명상가를 돌며 마음에 드는 불빛들을 찾아 데려와 전기에 찌릿거려가며 직접 매달았고, 욕실 타일 색을 새로 했고, 그 문에다가 남자, 여자를 그려넣었다. 마당에 둘 테이블과 의자를 고르고, 고장난 하수구를 수리하고, 누렇게 찌든 콘센트 커버를 직접 교체했다. 때마침 이별한 직후라 그 모든 일을 혼자서 더욱 쓸쓸하게 했었다. 지독하게 차가운 겨울이었지만, 나는 나의 온기 하나로 이 집을 채워나갔다. 그리고 언제나 그렇듯이 겨울 뒤에는 봄이 왔다.

봄은 내 작은 마당이 진가를 발휘하는 시간이었고, 그 좋은 볕에다 초록 식물들을 데려다 두고 함께 살았다. 여름은 밤이 좋아 모기와 다투어가면서 밖에 앉아 있었다. 가을에는 방에 누워 창문 틈으로 귀뚜라미 소리 들었고, 겨울에는 막을 수 없는 매서운 웃풍 때문에 이불에서 나오기가 싫었다. 이불 속에서 따뜻한 것들을 그리워했다. 봄 여름 가을 겨울이 이러했는데, 그렇다면 나의 하루하루는, 매일의 바스락거리는 시간들은……. 이제 그 시간들과 작별인사를 나누어야 한다. 시간이 고스란히 묻어 있는 공간, 내가 머물렀던 자리 하나하나에 조용히 인사를 건네야 할 것이다. 하얀 벽에, 창틀에, 냉장고 옆에, 변기 뚜껑 위에 낙서처럼 작별인사 말을 써두고 가야지. 큰 붓으로 시커멓게 칠갑을 해도 안 될 것 없지. 어차피 허물어질 것, 누가 낙서 따위 신경이나 쓸까, 내 마음 따위 아랑곳이나 할까.

자리 1. 마당 벽

담이었지만 높지 않아서
다행히 하늘을 보기에는 충분하였다.
나에게도, 화분들에게도
어느 날은 따가웠고 어느 날은 시렸으며
대부분은 그것만으로도 참 좋은 하늘이었다.
새떼들이 행을 맞추어 날아가는 것을 담 너머로 여러 번 보았다.
그 순간에는 늘, 구름이 없었다. 바람만 있었다.

자리 2. 큰 창

네가 없었더라면 이 집에 살지 않았을 것이다.
너는 내게 무지개를 보여준 적이 없다.
저기 발전소의 빨간 깜빡임이나 연기,
앞집의 형광등이 켜지고 꺼지는 것,
6월의 새벽 4시 47분, 그 새파란 하늘빛이나
건너편 옥상에 자주 올라 있는 소녀를 보았을 뿐이다.
그것은 무지개가 아니었는가?
무지개였다.

자리 3. 소파 바닥

내 발이 여기에 닿아 있는 동안, 같은 영화를 세 번도 보았고, 낄낄거리며 〈무한도전〉을 보면서 새우깡을 씹었고, 책장을 넘겼고, 접었고, 줄을 그었고, 달이 두 개다, 하고 일기장에 적었다. 그렇게 적은 밤에는 취했었다. 그러다가 기타를 튕기기도 했다. 어떤 것은 노래가 되었고, 어떤 것은 흔적없이 바람 속으로 사라졌다.

엄마를 생각했다.

엄마를 생각했으나 엄마에게 가지 못하고,

내 발은 여기에 오래 머무르며 그저 웃고 울었다.

자리 4. 액자 속 해바라기 조화 위

"나는 가짜야. 나는 영원해."

"그래, 알아. 너는 완전히 가짜야. 바래지도, 시들지도 않고 영원히 그대로지. 세상에 하나쯤은 영원히 변하지 않아도 좋을 거라 생각했어. 그래서 너를 곁에 두고 보고 싶었어, 영원히……. 다 부질없는 욕심이야."

자리 5. 가스레인지 위 후드

지지고 볶았다. 끓이고 구웠다.

처음으로 불을, 간장을, 기름을, 다진 마늘을 썼다.

파를 썰고, 된장을 풀고, 생선을 손질했다.

혼자 즐거웠지만 부엌은, 함께여야 하는 유일한 공간이면 좋겠다고 생각했다.

너를 위해, 나를 위해, 서로를 위해 불을 지피는 시간.

지피다보면 연기가 날 것이고, 연기 아래 사랑의 밥상이 차려질 것이다.

요리는 사랑하는 사람에게 들려주고 싶은 노래,

맛있는 노래를 만들지는 못하였으나.

자리 6. 목마 인형 옆

네가 슬퍼 보여서 여기에 데려왔지.

너는 달릴 수 없지.

다 마찬가지야, 달릴 수 있어도 울고 싶기도 해.

달릴 수 없어 묵묵히 서 있는 너는,

아름다웠다.

자리 7. 화장실 거울

매일 거울을 보면서 살았지만 늘어가는 주름은 눈치채지 못했다.

그사이 내 얼굴에는 이제 다른 모양의 광대뼈가 산다.

거울 앞에서는 울지 못했다.

슬픈 나의 모습은 스스로도 봐주기 어려웠던 모양이다.

그럼에도 가끔씩 거울을 보면서 웃어 보이기는 하였다.

그러면 거울 밖의 나는 그걸 보고 기분이 일 그램 가량 좋아지곤 하는 것이었다.

왜 더 자주, 나는 나를 향해 웃어주지 못했을까.

자리 8. 변기 뚜껑

내가 쏟아낸 오물들은 물 한번 내리면 깨끗이 처리되었지만, 과연 그랬을까? 똥 한번 싼다고 마음의 더러운 것들까지 배출되었을까? 아직 남은 찌꺼기가 많다.

그래도 아침마다 변기에 앉아 쏟아내려고 쏟아내려고 안간힘을 썼다. 어떤 날은 모두 비워냈다 싶어 아주 상쾌하기도 했다. 대부분은 변비였지만…….

자리 9. 현관 바닥

"다녀왔습니다."

그렇게 말할 필요가 없었다.

돌아올 대답이 없었으므로.

자리 10. 화분들이 놓인 바닥

아이들아, 최고였다.

너희들은 온몸으로 내게 보여주었다.

그럼에도 살아가고

그럼에도 꽃 피우는 것을!

자리 11. 책상 벽

하얗게 비워두면 떠오를 줄 알았지.

그 벽에 코를 박고 앉아 있으면 뭐라도 들려올 줄 알았지.

문을 닫겠는가, 책상 앞에 적어두고 문을 닫으면 하얀 벽이 그래도 눈 내리는 듯은 하였다.

사락사락 소리가 들리는 듯도 하였다.

자리 12. 저기 구석 걸레받이 옆

구석씨, 미안했습니다. 내 당신을 바라볼 일이 없었습니다.
그렇지 않나요, 우리 모두 맨 구석까지 나누고 살진 않잖아요.
그래도 한 번쯤은 들추어볼걸 그랬어요.
거기에 그렇게 뽀얗게 내 삶의 먼지를 고스란히 쌓아두고 있는 걸 알았더라면 나는 가끔 그것을 나인 양 쓸어내렸을 겁니다.
만나자 이별이 섭섭합니다.

자리 13. 침대 옆 세계지도와 침대 위 엘 오 브이 이 그리고 천장

숱한 밤, 떠나는 꿈을 꾸고 싶었지.
길 위에 답이 있다는 걸 아니까.
꿈에라도 길 위에 있으면 좋겠다 싶었지.
내가 사랑했던 길이여, 내가 떠나 또 사랑할 길이여!

수많은 밤, 너를 기다렸지. 좁은 침대를 기꺼이 나누어 쓴 적 있음에도 너는 멀리 있다. 사랑 참, 내 맘 같지 않더라.

떠나지 못하고, 멀리 있는 너를 기다리는 밤에는 하얀 천장에 별이라도 떴으면 했는데 별은 없고 간혹, 눈물이 있었다. 그리고 대부분의 밤에는 꿈도 없는 잠에 들었다가 깨끗하게 깨어났다.

눈뜨면 늘 처음. 하루하루가 꿈만 같았다.

자리 14. 다섯 알 전구 위

마음에 다시 불 밝히자.

꺼지지 말아라.

작별인사가 길었다. 그래도 아직 인사 나누지 못한 자리가 많다. 떠나는 길이어서 인사들이 어쩐지 다 슬프다. 이사 가는 날, 세간이 빠지고 나면 휑뎅그렁한 방에 글씨만 남을 것이다. 나는 자꾸만 뒤돌아보겠지. 눈에 담으려고 해도 어떤 자리는 미련 없이 돌아서라 말해주겠지. 나는 이삿짐 차에 올라탔다가 아저씨 잠깐만요, 하고 다시 5층을 달려 올라갈지도 모르겠다. 시절과 이별하기는 이렇게 어렵다. 곧 흔적도 없이 사라질 나의 서러운 집에게 진짜 마지막 인사를 하고, 가던 길을 가야 할 것이다. 고마웠다, 행복했었다. 이 말만 남기기로 하자.

하루하루 살아가는 것이 여행이라고 한다면 매일의 작은 여행을 끝내고 돌아온 곳은 늘 여기였다. 여기서 하루의 짐을 풀고 또 다음날의 짐을 꾸렸었다. 그렇다면 이것도 여행이라고 하자. 나는 이제 또다른 곳으로 여행을 떠난다. 긴 시간을 들여 꼭꼭 눌러 싼 이곳에서의 짐을 짊어지고, 긴 여정을 떠난다. 이번에는 좀 멀리 갈 것이다. 그리고 다시는 돌아올 일 없을 것이다.

이것 또한 여행

언젠가 친구가 보내온 문자.

— 나 부산이야. 올래?

한밤중에 이런 문자를 받으면 심장이 요동친다. 갈까? 심각하게 고민하다가 곧 좌절하고 만다. 하필이면 내일은 아침부터 일이 있다.

— 와, 좋겠다. 내 바다에게 안부 전해줘요. 달려가고 싶지만, 흑.

이렇게 답을 보내고 슬픔에 잠겨 있는데 다시 문자가 하나 온다.

— 아니, 부산 말고, 부산오뎅!

아, 맞다, 그렇지? 우리에겐 부산오뎅이 있지? '부산오뎅'은 우리 친구들의 단골집이다.

그 밤, 나는 먼길 달리지 않고 가벼운 마음으로 부산에 다녀왔다.

예전에는 지명을 딴 상호를 이해할 수가 없었다. 특히 인천 바다에서 만나는 '동해횟집'이나 동해 바다에 있는 '서울식당'에는 절대 가고 싶지가 않았다. 서울에 있는 식당이 '서울식당'이고, '동해횟집'은 동해에서 가야 한다고 생각했다. 먼 곳까지 여행 와서 굳이 다른 지방에 갈 이유는 무엇인가. 그런데, 이제 그것들을 이해한다. 내가 서울에서 부산오뎅을 가는 것과 다를 것이 없었다. 매번 그런 것은 아니지만 가끔, 저 밤 같은 날은 부산오뎅에 가서 부산에서 올라온 오뎅을 먹으며 부산에 있다는 행복한 착각에 빠지기도 했으니까. 서해 사람들도 가끔은 동해 바다의 조금은 다른 짠내를 맡고 싶기도 할 것이다. 서울에서 고향을 옮겨온 동해 사람들은 가끔 서울 집밥이 그립기도 할 것이다.

울산에 '풍천장어집'이 있고
대구에 '신림동떡볶이분식'이 있고
광주에 '춘천닭갈비'가 있고
부산에 '영덕대게집'이 있다.

우리 동네에는 병천순대, 섭지코지, 강촌쌈밥이 있다. 먼길 떠날 수 없는 날에는 '섭지코지' 식당에 들어가, 여기가 제주다, 하고 생각하련다. 길 떠나는 것으로도 안 되는 과거로의 여행도 이제 문제없게 되었다. 동네 저 길가에는 '옛날중국집'이 있는 것을 보았으니까.

서른일곱 시간, 그 사이

기차는 상해 남역을 출발하여 서른일곱 시간을 달릴 것이라 했다. 그렇게 달리고 나면 '쿤밍'이라는 곳에 닿는다 했다. 비행기를 타면 세 시간이면 도착한다는 것도 알고 있었지만 빨리 도착해야 할 이유가 내겐 없었다. 열세 배의 시간을 들여 기꺼이 달려가는 것을 선택했다. 내 여행은 목적지에 도착해서부터가 아니라 목적지를 향해 가는 그 길 위에서부터였으니까. 그러니까, 내가 가려는 곳은 여기에서 아주 멀리 떨어진 저기이다.

출발 2시간 전

대합실은 만원이다. 이 많은 인파는 모두 어디로 흘러들게 될까. 저 많은 짐 안에는 무엇이 들었을까. 마치 멀리 떠나서는 돌아오지 않을 사람처럼 모두가 커다란 짐짝을 하나씩 짊어지고 있다. 짐은 삶의 무게일까, 삶의 풍요일까를 생각하다가 그만둔다. 내 가방에도 줄인다고 줄였으나 절대 줄여지지 않는 욕심 같은 것들이 저마다의 이유를 달고 꾸역꾸역 나를 따라왔다. 색연필 하나, 노트 하나를 버리지 못했다. 모두가 열차를 기다리며 컵라면을 먹고 있다. 하나의 통과의례처럼, 그러지 않으면 반칙인 것처럼. 역 안을 기웃거리며 매점에 들러 나도 돼지요리사가 그려진 컵라면을 하나 샀다. 진풍경이고, 나도 기꺼이 풍경의 일부가 되기로 한다.

출발, 저녁 6시

오늘은 나의 생일이다. 일부러 그렇게 날짜를 맞추었다. 생일, 하고 말하는 것은 항상 영 쑥스럽고 어색하다. 웃는 날들이 이렇게 있으면 된 거지 하다가도, 살아가는 것이 늘 행복한 순간만 있는 것은 아니었기 때문에 그럴 때는 생에게 미안한 마음이 들기도 하는 것이다. 기차에서 홀로 맞이하는 생일은 내가 나에게 주는 선물이다. 나는 이 선물이 몹시 마음에 든다. 오늘은 내가 나를 좀 만나 그래도 축하한다고, 고맙다고 말하려고 한다.

입구가 열리고 이리 밀리고 저리 밀려 마침내 기차 안으로 들어섰을 때 '아, 재미있구나. 그러나 한 번이면 족하겠다'는 생각을 했다. 모든 것이 너무 많아서 정신 둘 곳이 없었다. 그 많은 것들이 제자리를 찾을 때까지 꼼짝없이 몇 분을 서 있었다. 꾸역꾸역 밀어넣고 쌓아올리고 겹쳐놓고도 다행히 기차는 터지지 않고 출발했다. 누군가의 짐 중에는 커다란 돼지다리 한쪽도 있었는데 그것도 당당하게 한 자리를 차지했다. 3층 침대가 나란히 두 개 놓여 있는 한 칸, 기차 한 량에 침대 대략 열한 칸, 이것이 몇 량이나 이어져 있는지 셀 수 없으니 이것은 어마어마한 이동이다. 기차에게 박수를!

나는 3층 침대의 맨 위 칸을 배정받았다. 3층으로 가는 계단은 무척 좁고 가팔랐고, 침대는 허리를 펴고 앉을 수도 없는 높이였다. 미리 정보를 들어서 알고 있던 사실이지만 난감한 건 어쩔 수가 없다. 단지 기차에 몸을 실었을 뿐인데 이미 먼길을 온 것만 같다. 침대시트와 이부자리를 정리하다가 아직 한참 남은 밤을 두고 그냥 누웠다. 일어나서 해야 할 일도, 할 수 있는 일도 없어 보인다. 코에 닿을 듯한 천장을 바라보고 누워 랜덤으로 뽑힌 나의 자리가 생일 선물치곤 조금 가혹하다고 생각한다. 아니다, 됐다. 서른몇 해 전, 삶을 선물 받은 것도 랜덤이고 운명이었다. 재미있는 인생이다.

출발 13시간 후, 아침 7시

열 시간을 꼬박 잤다. 아침의 기차는 생각보다 활기차고 분주하다. 사람들은 부지런히 양치를 하고 세수를 하고 차를 끓여 마신다. (나는 중국 사람들이 더럽다는 말을 이제 믿지 않기로 한다.) 아이의 오줌줄기처럼 가늘게 흘러나오는 물로 나도 고양이세수를 하고는 왠지 산뜻한 기분이 되어 객차를 산책한다. 까만 발을 내놓고 아직도 꿈나라에 있는 남자, 1층 엄마의 품에서 2층 아빠의 품으로 옮겨 다니는 모양이 꼭 아기 원숭이 같은 꼬마, 일어나자마자 휴대폰 게임 중인 소년과 소녀, 옆 침대의 아저씨들은 벌써 아침 수다를 시작하셨고. 대부분의 사람들이 아침으로 어제의 그 컵라면을 끓여 먹었고, 나는 그 자극적인 국물 냄새 속에 앉아 라면의 사연을 궁금해하며 아침을 거른다. 이 모든 것들이 굉장히 자유롭고 느긋하게 펼쳐지고 있다. 우리 모두에게는 아직 비어 있는 시간이 많이 있으므로, 그것도 아주 많이…….

출발 18시간 후, 오후 12시

3층 내 방. 작은 침대 한 칸에 '내 방'이라는 이름을 붙이자 그렇게 아늑할 수가 없다. 언젠가 꼭 갖고 싶었던 다락방이 이런 모습이었을까? 조그만 다락방에 엎드려 누우면 은밀한 세계로 빠져들어갈 수 있을 것만 같던 작은 꿈을 꾸던 시절……. 닫을 방문이 없다는 사실도 이제는 완전히 익숙하다. 우리는 투명한 문을 두고 각자의 작은 방에 있다. 이 시간 동안 읽으려고 부러 챙겨온 책을 펼쳐든다. 가장 감명 깊게 읽은 책이 무엇이냐고 누군가 난감하게 물어올 적에 나는 머뭇거리다가 항상 펄 벅의 『대지』라고 대답했었다. 엄밀히 말하면 '가장 처음으로' 감명을 받은 책이라 해야 맞을 것이다. 어린 시절, 책에서 오란이 진달래 화전을 부치는 장면을 읽었을 때 그것이 너무 생생하게 그려져 침을 꼴딱 삼켰었다. 나는 아직도 그보다 훌륭한 묘사를 만난 적이 없다. 고소한 기름 냄새, 하얀 떡 위에 정갈하게 올라앉은 진달래 여린 잎의 색, 여문 오란의 손놀림……. 오감을 사극하는 문장이었다. 그러고는 십수 년 만에 『대지』의 땅을 곁에 두고 이것을 다시 읽는다. 코끝이 찡해온다. 주인공 왕룽과 오란의 파란만장한 인생 때문도 아니고, 그사이 내 인생이 십몇 년을 더 흘러와 지금 이 땅 위를 달리고 있다는 만감 때문도 아니다. 그것은, 이렇게 긴 시간이 흘렀는데도 그 장면에서 내가 떠올렸던 고소한 화전 냄새가 아직도 이리 선명하게 풍겨온다는 사실 때문이다. 잡고 싶은 기억들은 아무리 잡아두려 해도 희미해져버리고 말았는데 뜻밖의 것들은 이토록 강렬하게 남아 사람을 흔든다. 침대에 몸을 구긴 채 마음 글썽이는데 열차가 멈추었다. 그러고는 십여 분을 떠날 생각 않는다. 궁금할 것이 없다.

출발 22시간 후, 오후 4시

두번째 밥차가 지나간 지도 꽤 되었다. 우리는 꼴이 점점 비슷해져가고 있다. 부스스한 머릿결이 비슷하고 게슴츠레한 하품이 비슷하다. 거울을 보지 않아도 내 모습이 어떨지를 알겠고, 그건 꽤나 정겨운 장면이다. 사람들이 몸을 배배 꼬며 다시 침대로 드는 틈을 타 통로에 놓여 있는 테이블 의자에 앉는다. 여기는 어디일까. 어디쯤 온 것일까. 황량한 대륙, 가도 가도 끝이 없는 길 위를 기차는 달리고 있다. 한적한 시골 풍경이 눈에 익을 무렵, 어디에서도 본 적 없던 빛깔의 강을 만났다. 와아, 저 색. 인생에서 처음 만나는 고운 색의 강을 바라보면서였을까. 두고 온 나의 강이 생각나듯 잊고 있었던 일들이 떠오른다. 그것은 이름이기도 하고 마음이기도 하고 자세이기도 했다. 또 무심코 잊을까 그 이름들을 일기장에 잘 적어둔다. 한 발만 떨어져 있으면 보지 못했던 것, 놓치고 있던 것들이 이렇게 제 발로 뚜벅뚜벅 찾아온다. 만나야 할 사람을 지나쳤고, 고마운 마음을 전하지 못했고, 미안하다 말하는 것을 미루었다. 삶에 핑계가 많았구나, 부끄럽구나……. 가장 많은 생각을 가장 깊고 고요하게 할 수 있는 순간은 달리는 기차 속에서다.

3층에 쪼그리고 앉아 멍하게 밖을 내다보는 아이의 모습이 마치 내 모습 같고, 아침부터 쉴새없이 이야기를 나누는 아저씨들의 소리가 하나도 밉지 않다. 그들을 가만히 바라보고 있는 내 눈동자가 창에 어리고 그것이 조금 반짝인다. 때문일까, 나는 이제야 '사람'이나 '사랑'이라는 말을 발음할 수 있을 것만 같다. 이 시간만큼은 사람, 사랑, 멀리 있지 않다. 마음이 지금 많은 것들을 사랑하고 있다.

마주앉은 아저씨는 무언가를 까먹고 있다. 입속에 털어 넣고 몇 번 우물거리니 껍데기만 쏙 나왔다. 테이블마다 하나씩 놓여 있는 양철그릇에 아저씨의 껍데기가 수북이 쌓여간다. 나도 괜히 입이 궁금하여, 먹지도 않고 몇 년을 가방에서 썩혀두었던 작은 사탕 한 알을 꺼내 달게 먹는다. 모두 각자의 방법으로 시간을 살아내고 있다. 여행이 나를 키우고 있다는 생각이 든다.

출발 25시간 후, 저녁 7시

어둠이 내렸다. 모두 이른 저녁식사를 마쳤고 나는 과일차에서 산 귤을 옆방 사람들과 나누어 먹었다. 누구는 받아주었고 누구는 거절하였다. 아래 칸 아기가 엄마 젖을 먹고는 곤히 잠들었다.

어쩐지 가족 같은 기차, 라고 생각한다. 하루 동안 정말 그랬다. 일어나 부스스한 모습을 나누며 눈곱을 떼고, 침대에 뒹굴거리다 입을 헤벌쭉 벌리고 잠든 모습을 우리는 서로 내보였다. 먹고 싸는 것을 숨길 틈 없는 사이, 읽고 쓰고 생각하는 것까지 들켜버린 사이, 취향이나 버릇까지도 짐작할 수 있게 된 사이. 같은 공간과 시간 속에서 같은 방향으로 잘도 흘러왔다. 서로의 하루를 누군가와 이렇게 나누었던 적 있었나. 한 배를 탄 사람들, 우리.

옆 침대와의 거리가 60센티미터인 사이. 어제는 누웠을 때 옆의 낯선 사내와 금세 닿을 것만 같았다. 나는 이토록 가까운 사이가 부담스러워 몸을 뒤척이지 못하고 벽 쪽에 바싹 붙어 잠들었다. 그러느라 오른쪽 어깨가 한참 저렸었지. 당신을 생각했다. 내 옆 칸에 당신이 있었다면 나는 손을 내밀었을 것이다. 그러면 우리는 손을 잡고 흘러갔을 텐데.

무엇인가 그리워진다. 그리움이 그리워서 이렇게 멀리 떠나왔구나. 그리운 것들의 이름을 하나씩 불러본다. 아무래도 그리움은 내겐 너무 따뜻하다. 그리움은 꼭 사랑 같다.

불 꺼진 객차에는 이제 우리의 숨소리만 남았다. 나의 다락방에서는 별이 보이지 않는다. 별이 없어도 참말 괜찮은 밤이다. 오늘밤에는 우리들 사이가 이렇게 가까운 꿈을 꾸면 좋겠다.

도착 1시간 전, 아침 7시 반

포근하게 아침을 깨운 건 무엇이었나. 덜컹거림, 그것조차 이렇게 달콤한 단어로 다가오는 걸 보니 나는 완전히 이 기차를 사랑하게 되었나보다. 커피를 한잔 끓여 마시고 내려와 앉는다. 어제 아침처럼 다들 씻고 단장하느라 부산하지만 어제와 달리 이것에는 경건함이 배어 있는 듯하다. 작별하는 시간, 새로운 시간에 대한 예의. 이제 우리가 바라보는 곳은 한곳이다. 같은 곳이다. 서른일곱 시간을 함께 달려온 곳, 해가 떠오르고 있는 저편 하늘…….

모두 안녕. 잘 가요, 반가웠어요. 돌아올 때도 나는 이 기차를 타겠어요.

서른일곱 시간 동안 내가 다녀온 곳은 어디일까.

우리는 우리가 가려는 곳에 이제 도착하려는 모양이다.

여행자

길 위에서 자꾸만 눈물이 나는 것은
보잘것없는 인생 하나가 그래도 걸어가고 있기 때문입니다.
이 길을 택한 것은 내 작은 두 발입니다.
혼자 걷는 먼길
그러나 실은 아름다운 동행이 많다는 것을
고요 속에 놓일 때에 비로소 깨닫습니다.
나는 오늘 열두 시간 동안 산길을 달리는 버스 안에 있었습니다.

가슴이 터질 것만 같아서 자주 가슴을 쓸어내려야 했습니다.
그 순간, 가장 빛나는 웃음을 하고 있는 얼굴이
창가에 어린 것을 보았습니다.
얼굴은 웃다가 울다가 춤을 추었습니다.
사람에게서 생의 이면을 보고, 자연에게서 생의 전면을 봅니다.

지금 죽어도 여한이 없겠다 할 정도로 감동적인 순간이었습니다.
그럴수록 인생은 더 살고 싶어졌습니다.
갚아야 할 것이 너무 많기 때문입니다.
나를 이 길로 데려온 많은 것들에게 나는 한참 빚졌습니다.
갚을 때까지, 살아 걸어야 합니다.

산비탈에 간신히 얹혀 있는 집들에도 햇살은 공평하게 내리쬐어
닳고 해진 빨래들을 어김없이 말려줄 테니
어디에도 위태로운 생이 없기를,
내가 할 수 있는 일이 작은 노래라면
나는 기꺼이 노래를 부르겠습니다.

보잘것없는 인생 하나가 걸어가고 있습니다.
험한 길이어도 아름다워서 또 한 걸음을 내딛습니다.
이제 나는 어디로 가야 할지를 알겠습니다.
걸을 때마다 이토록 벅찬 생이 고마워서
자꾸만 눈물이 나는 것입니다.
구불구불한 산길을 달려온 버스는
나를 죽지 않고 살아 돌아오게 하였습니다.
갚을 때까지 또 걸어가라고
뒷모습 하나가 나를 배웅합니다.
걸어가겠습니다.

청춘이었다

조심스럽게 말을 꺼낸다. 구태의연한 이야기일 것이기 때문이다. 이것은 누구의 앨범에서나 한 번쯤은 보았던 사진, 창에 어린 빗방울, 봄꽃, 낯선 곳에 차려진 아침 식탁 풍경, 그리고 혼자 걸었던 길 위에 소복이 놓인 제 두 발을 찍은 사진과 다를 것이 없다. 그럼에도 그 뻔한 이야기를 나라고 하지 않을 재간이 없는 것은, 아련한 것은 그런 것이기 때문이다. 해도 해도 끝나지 않을 사랑 이야기를 어쩔 수 없이 또 하고 마는 것과 같다. 여행이야기는 늘 그렇다.

그해, 여름에서 가을로 가는 계절에 나는 까맣게 그을린 두 발로 수많은 길을 걸었었다. 목적지 없이 걷는 일이 많았다. 목적지는 없었지만 늘 걷다보면 강에 닿았고, 그러면 나는 처음부터 그 강을 향해 걸어온 사람처럼 언제나 가던 길을 멈추고 거기에 앉았다. 가방에는 책이 든 날도 있었고, 빵이 든 날도 있었고, 다른 쪽에 기타를 멘 날도 있었지만, 와인과 엽서는 빠지는 적이 없었다. 많은 사람들이 그 강을 사랑했던 것처럼 나 역시 매일 강가에 앉아 와인 한잔을 마시며 취했다. 와인을 마시지 않았더라도 분명 취했을 것이다. 낮의 햇살을 머금은 돌바닥은 따뜻했고, 거기에 앉으면 어디선가 늘 아코디언 소리가 들려왔다. 그러면 나는 신발을 벗어두고 흘러가는 것들을 바라보다가 멀리 있는 사람들에게 엽서를 썼다. 그들이 전혀 궁금해하지 않을 이야기였을 것이다. 그들을 약오르게 만드는 이야기였을지도 모른다. 그래서 마지막 구절에는 대부분 "나는 잘 있어요, 나만 혼자 즐거워서 미안해요"라고 썼다.

길을 걷고 돌아오면 지도에다 그날 걸어온 길을 색칠했다. 하얀 길들은 곧 보라색으로 물들었는데, 어떤 길은 당장에 어둠이 내릴 하늘처럼 진한 보라가 되어 있었다. 좋아서 많이 걸었다는 말이다. 나는 그 길을 '내 길'이라고 불렀다. 아무도 인정해준 적 없지만 '내 길'이라고 말하는 것은 무척 다정하고 기분좋은 일이었다. 그도 그럴 것이 우리는 언제나 길 위에서 길을 묻고, 이 길이 맞는지를 또 한번 확인하고, 길 끝엔 무엇이 있는지를 불안해하며 걸어가는 사람들이니 세상 어느 곳에 어떤 의심과 의문 없이 '나의 길'이라고 부를 수 있는 길이 있다는 것은 얼마나 멋진 일인가 말이다.

나의 길 위에는 우체국이 하나 있었는데, 그곳에는 이틀에 한 번 꼴로 들렀다. 그 여행에서 나는 수십여 통의 엽서를 썼다. 엽서를 받는 사람은 내 오래된 친구이기도 했고, 존경하는 선생님이기도 했고, 어딘가로 여행을 떠날 나와 같은 여행자이기도 했고, 나의 노래 하나로 만난 고마운 사람들이기도 했다. 사랑하는 사람에게도 썼다.

언제나 여행은 내가 바라던 외로움을 안겨주었지만 엽서를 쓰는 순간만큼은 혼자인 것을 곧잘 잊곤 했다. 신기한 일이었다. 꼭 함께 있는 것 같았다. 엽서 위에 시시콜콜한 이야기를 잔뜩 늘어놓고 우체국 가기 전에 다시 읽어보면 그것은 늘 내가 나에게 하는 이야기였다. 무슨 말을 그리도 하고 싶었던 걸까, 부치지 않아도 될 것들은 아니었을까. 지금도 그때의 나를 내가 알 수 없고, 알아도 모른 척 해주는 쪽이 나을 것도 같다. 그 순간의 이야기였고, 흘러가게 두어야 할 것들이었다.

어떤 날에는 그 길에서 누군가와 친구가 되기도 했다. 사실 그 여행에서는 길과 강과 와인과 엽서 쓰기만으로도 충만했던 시간들이었기에 부러 사람을 만나는 일이 없었다. 오히려 말을 걸어오는 사람에게 '위험' 또는 '접근금지' 팻말이 붙은 전봇대처럼 군 적이 많았다. 그날은 어쩐 일이었을까. 강가에 앉아 어김없이 와인을 마시거나 엽서를 쓰고 있는데 그가 말을 걸어왔다. 네가 메고 있는 것이 무엇이냐. 여행용 기타다. 그래? 한번 들려주면 안 되겠냐. 지금 나 뭐 쓰고 있잖아. 그래, 그럼 기다릴게. 다 쓰고 나면 들려줘. 나는 다시 엽서를 썼고, 안 쓰는 시간에는 구름이나 보았다. 그는 떠나지도 재촉하지도 않았다. 시간이 흐르고 강이 붉게 물들 때 즈음 기타를 꺼내 연주를 시작했다. 너는 노래도 하니? 응. 그럼 노래도 들려주면 안 되겠니? 안 될 것이 없어서 나는 노래를 했다. 그가 알아듣지 못할 가사였겠지만, 나는 마음이 날아올랐다. 떠나와서 부르는 여행 노래에는 말로 설명할 수 없는 전율이 있었다. 노래를 마치고도 우리는 긴 시간을 함께 앉아 있다가 헤어졌다. 대화는 천천히, 간결하게 이어졌지만 언제보다도 깊고 울림이 있는 말들이었다고 기억한다. 엽서에서처럼 그것은 독백이었을지도 모른다. 엽서에 쓰지 못한 말들이 깊숙이 또 남아 있었던 것이었다. 그는 마지막에 인사를 나누며 이렇게 말했다. "I like your space." space, 비어 있는 공간, 공간, 우주라는 말이 참 널찍하고 편안해서 한참 되뇌다가 나도 그래, 하고 대답했다.

서쪽으로는 해가 지려 하고 동쪽으로는 달이 뜨고 있는 황홀한 하늘을 보았을 때는 혼자 발을 동동 구르다가 하는 수 없이 사진을 찍었다. 물론 지는 해와 뜨는 달이 하나의 프레임에 담기지가 않아서 따로 찍었다. 각각의 사진을 누군가가 본다면, 이게 뭐 어떻다는 거야, 라고 할지도 모르겠다. 이로써 설명하지 않으면 누구도 알아챌 수 없는 이야기가 또하나 생긴 것이다. 어쩌면 우리에게는 자기만 알아챌 수 있는 신호가 하나둘 생기고, 그것이 점점 늘어나 그 신호로밖에 표현할 수 없는 상태가 되고 마는 것은 아닐까. 그래서 아무리 우리가 별처럼 제 신호로 깜빡인다 한들 서로의 이야기를 영영 알아듣지 못하는 것은 아닌가, 하는 생각이 드는 것이다. 조금은 쓸쓸한 이런 생각은 절망스럽기도 했지만 한편으로는 더욱 확고한 믿음을 데리고 왔다. 누군가도 언젠가 저 하늘을 보았을 거라는 믿음, 그래서 우리가 같은 신호를 하나쯤 가지고 있을 거라는 믿음. 그래서 서로 통하는 사람들에게는 말이 필요 없을 것이라는 믿음…….

사랑하는 친구들이 거짓말처럼 그 먼길로 찾아왔을 때, 그들을 만나 함께 시간을 보낸 날에는 엽서를 쓰지 않았다. 대신 춤을 추었고, 대신 일기장에는 이런 글이 놓였다. '퐁데자르에 앉아서 친구들의 기타 소리를 듣는다. 이렇게 한가로우며 풍요로운 우리는, 청춘이다. 나는 내가, 우리가 이렇게 누울 수 있는 시간이 그리 많지 않다는 생각이 들어서 지금의 하늘과 멈춘 이 시간이 더없이 애틋하다. 제각각의 구름들, 흘러가는 사람들, 그리고 인생의 잊지 못할 한 점 속에 우리가 지금 있다. 어김없는 하늘과 어김없는 바람, 언제나 어김없는 것들 속에 우리는 잠시 머물다 간다. 머물다 가는 먼지여도 이런 순간은 황홀하다.'

까만 발 두 개가 나란히 놓인 사진을 나도 갖고 있다. 구태의연해도 어쩔 수 없다. 그 속의 이야기는 나만이 안다. 그래서 이것은 순전히 내게 쓰는 엽서 같은 것. 나는 지금 대체 무슨 말을 하려는가.

길 위에서는 언제나 청춘이었다.

street

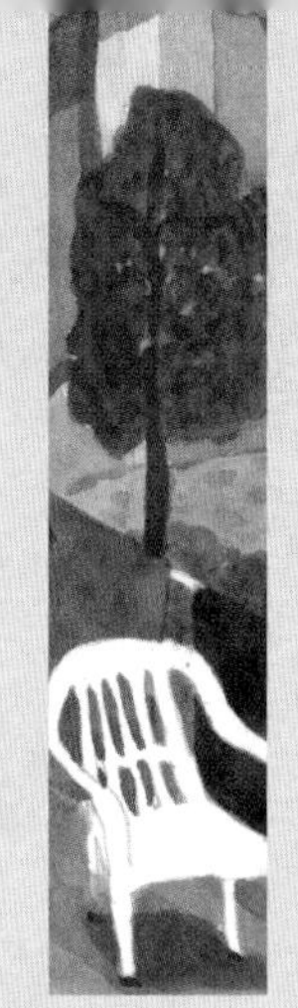

PART 03

쳐다봐서 미안해요

상담원과의 통화 –남 같지가 않아서 1

전화가 한 통 걸려온다. 반가운 이름이 떠 있으면 좋겠지만 모르는 번호다. 아니, 짐작이 간다.

— 여보세요?

— 안녕하십니까, OO은행 카드 사업부입니다, OO카드 사용하고 계시는 양윤정 고객님 맞으십니까?

— 네, 맞는데요.

(지금부터의 대화는 뻔한 내용이라 할지라도 부디 천천히, 빼먹지 말고 읽어주시기 바랍니다. 끊지 마세요.)

— 네에, 저희 OO카드를 이용해 주셔서 감사합니다. 저희 OO카드 우수고객님께 대중교통 이용중 교통사고, 혹은 번개나 태풍 등 자연재해로 인한 사고가 났을 경우 가입 바로 다음날부터 월 XX 한도 내에서 카드대금 면제, 화상 또는 치아 손상이나 골절시에 월

XX 한도 내에서 최고 XX까지 보상해드리는 서비스를 제공하고 있는데요, 받아보고 계십니까?

이 말을 한번에 이어서 하기 때문에 끼어들지도 끊지도 못하고 듣고 있다가,

— 아, 아니요. 그리,
— 네에, 저희 OO카드 우수고객님께만 특별히 제공하는 서비스로서 대중교통 이용하시다가 사고가 나시거나, 다른 자연재해로 사고를 입으셨을 때 월 XX 한도 내에서 카드대금을 전액 면제해드리고, 화상이나 골절 그리고 치아 손상시, 그러니까 뭘 드시다가 이가 부러지거나 했을 때에도 월 XX, 최고 XX까지 카드대금 면제해드리고 있습니다. 이것은 별다른 가입비 없이……

내가 하려고 했던 말은 '아니요, 그리고 저는 괜찮습니다'였다. 예전 같았으면 이쯤에서 다시 한번 아니요, 괜찮습니다, 하고 의사를 밝힌 후에 제가 지금 통화하기가 좀 곤란해서요, 하고 통화를 마무리했을 것이다.

그런데 언제부턴가 나는 이런 방식이 조금 야멸차게 느껴지기도 하고, 하루종일 그 많은 고객들에게 같은 이야기를 전하고 또 늘 같은 식으로 거절당하는 상담원은 얼마나 피곤할까, 마음 다치지는 않을까 싶기도 하고, 또, 나는 통화하기가 곤란한 상황이 아니었기 때

문에 거짓말을 한다는 것이 왠지 가책으로 느껴졌다. 그래서 가만히 이야기를 들어보기로 했다.

— 아, 네. 그러면 그건 뭐 또 카드를 새로 만들거나 변경신청하거나 해야 하는 건가요? (만약 그렇다면 여기서 이야기를 멈출 필요가 있다.)

— 네, 고객님, 아닙니다. 카드를 새로 만드실 필요가 없고요, 본인 확인 및 동의만 해주시면 아까 말씀드린 대중교통 이용시 교통사고, 그리고 화상이나 골절, 치아 손상 되셨을 때도 월 XX 한도 내에서 카드대금을 XX까지 면제받으실 수 있게 되는 겁니다.

— 동의만 하면 되는 거라는 말씀이세요? 가입비나 별다른 이용료 없이요? (아니 왜 나에게 이런 혜택을?)

— 네, 고객님. 동의만 해주시면 별도의 가입비나 이용료 없이 이용 가능하십니다. 대신 고객님이 이용하신 카드대금에서 매달 0.X%의 수수료, 100만 원을 사용하셨다면 X, 50만 원을 사용하셨다면 X 정도의 수수료가 발생하는데요, (그럼 그렇지.) 아주 적은 금액이기 때문에 부담없이 큰 혜택 누리실 수 있는 서비스입니다.

— 그럼, 교통사고, 화상, 치아 손상, 뭐 이런 것 말씀하셨는데 정확하게 어떤 경우, 어떤 절차를 거쳐야 혜택을 받을 수 있는지, 기준은 어떻게 되는지 안내서를 미리 좀 봐야 할 것 같은데요.

— 네, 고객님. 그런데 저희가 안내서를 보내드리지는 못하고 동의

를 해주시면 확인서와 약관 등을 댁으로 보내드리거든요. 혜택받으시는 부분은 말씀드린 대로 대중교통 이용하다 다치신 경우, 또 태풍이나 번개가 쳐서 떨어진 간판에 맞으셔서 다치셨다거나, 또 화상 입으시거나 뭘 씹다가 이가 부러지셨다 해도 월 XX 한도 내 XX를 보상받으실 수 있는 등 아주 많으세요. 저희 어머니도 가입하시고 며칠 뒤 추석 때 음식 장만하시다가 기름에 손화상을 입으셨는데 바로 혜택받아보셨어요. 그냥 동의만 해주시면 바로 내일부터 이용 가능하세요.

— 아, 네. 그런데 제가 전화로 이 상황들을 정확하게 판단하기가 조금 힘든 사람이거든요. 그래서 안내서를 읽고 좀 자세히 검토한 후에 결정을 해야 할 것 같은데요.

— 네, 고객님. 그런데 안내서가 따로 있는 것이 아니고 동의와 본인 확인만 하시면 댁으로 우편물을 보내드리고요, 별로 어려울 게 없는 것이, 말씀드린 대로 대중교통을 이용하다가……

통화는 계속 반복되고 점점 어려워지고 있었다. 결국 나는 같은 설명(어머니 사고 이야기까지 덧붙인 아주 자세한)을 여섯 번 정도 듣고도 동의를 하지 못하고 "죄송합니다. 안내서가 없다면 제가 다른 방법으로 좀 알아본 뒤에 다시 전화 드려도 될까요? 아무래도 전화로 설명해주시는 것만으로는 정확하게 잘 알 수가 없네요(내가 정확하게 알고 싶은 건 도대체 뭘까. 그것이 뭔지를 정확하게 설명할 수 없는 것이 문제다)"라고 말씀드리고 어찌어찌 통화를 종료했다. 의도는 좋았으나 결론적으로 나는 이 상담원의 소중한 시간을 빼앗은 셈이 된 것인가? 내가 간결하게 전화를 끊었더라면 그 십여 분 동안 이분은 더 많은 일을 할 수 있었던 건 아닐까? 난처하고 미안하고 부끄러운 기분이 몰려왔다.

이것으로 끝이었다면 그날의 죄송한 마음을 완전히 잊었겠지만, 그뒤로도 이 상담원께 두 번 더 전화를 받았다. '저번 통화 때 관심을 보이시고 십삼 분 동안이나 통화를 나누셨고(놀랍다, 엄마하고도 이렇게 길게 안 하는데!), 알아보고 전화주신다고 했기에 혹시 그사이 알아보셨나 해서 전화를 다시 드렸다' 했다. 조금 울고 싶은 심정이었다. 알아보지 못했기 때문에 나는 또다시 같은 설명(교통사고, 화상, 치아 손상, 월 한도, 얼마 면제, 동의만 하면……)을 들어야 했고, 나 역시 똑같은 말(안내서를 보고 싶다)을 반복해야 했기 때문이다. 그냥 확 동의해버릴까 하는 것을 얄궂은 이성이 말렸다. '그건 아니잖아.' 그래서 마지막으로 나는 진심으로 호소했다.

— 정말 죄송한데요, 제가 요즘 막 이런 것 알아보고, 혹은 동의한 후에 마음에 안 들면 해지(하라고 권하셨기에)하기 위해 다시 전화 드리고 뭐 이럴 정신 상태가 아니거든요. 정말 죄송합니다. 이제 이 서비스는 '받지 않는' 걸로 해주시면 안 될까요? 다음에 제가 마음이 좀 여유로워지면 그때, 언제가 될지는 모르겠지만, 꼭 알아보고 연락드리겠습니다. (흑흑)

통화를 마치고 나는 슬퍼졌다. 그놈의 동의를 못해드려 그런 것도 있었지만, 마지막 이야기를 하면서 나의 요즘 정신 상태를 다시 내 눈으로 확인하게 되었기 때문이기도 했다. 그리고 이분과 나름대로 정들었는데. 이제 목소리 들으면 알아챌 수도 있게 되었는데……. (라고 하는 건 아무래도 무리인가. 하지만 정말 그런 기분이 들기도 했다.)

앞으로 나는 이런 전화를 반가운 친구의 전화보다 많이 받게 될지도 모른다. 그럴 때 이제는 어떻게 해야 할까? 이번 경험을 바탕으로 다시 예전으로 돌아가야 할까? 아니요, 괜찮습니다. 지금 통화가 곤란해서요? 그건 아니라는 생각이 든다. 이번 일을 겪은 뒤 나는 더 진심으로, 더 다정하게 전화를 받아야겠다는 마음이 되었다. 나누어보니 이것은 사람과 사람의 일이고 내용보다는 태도의 문제이며 '나'를 바라보는 일이었다. 비록 동의나 가입은 못하더라도, 도통 나와는 상관없는 서비스라 할지라도, 잠깐 들을 수는 있는 거니까. 말을 다 들은 후에 정중하게 사양하는 건 어려운 일이 아니니까. 상담원이 우리 엄마인 것처럼, 사촌동생인 것처럼, 친한 친구라는 생각으로 말이다. 그렇지 않은가, 그분도 누군가의 엄마이고 친구이고 동생이지 않은가. 여보세요, 하기도 전에 팡파르 소리와 함께 흘러나오는 자동응답 기계음을 받는 것보다는 훨씬 덜 허무하고 덜 쓸쓸하지 않은가.

길고 긴 세 번의 통화를 끝낼 때 상담원께서는 그 친절한 목소리로 "네, 고객님. 긴 시간 통화 나눠주셔서 감사드립니다. 저는 OO카드 OOO이었습니다. 오늘도 좋은 하루 되시길 바랍니다" 하시고는 또 한마디를 덧붙이셨는데 나는 그 말이 텔레마케터의 통화 매뉴얼에는 없는 것이라는 걸 안다.

"고객님, 따뜻한 겨울 보내세요."

시선 하나

손에 장미꽃 한 송이를 들고 가는 남자는 참 낭만적이다.

저녁의 골목 어귀에서 마주친 남자를 보고 나는 그런 생각을 했다. 그 사람이 가진 것은 봉오리가 아주 작은 장미 한 송이였고, 다른 한 손에 들린 것은 볼품없는 까만 비닐봉지였지만 낭만은 그런 것에 타격을 받지 않으니까. 멋지게 슈트를 차려입은 남자가 반듯한 서류가방을 들고 간다고 하자. 그 가방 안에는 사랑하는 사람에게 선물할 값비싼 백화점 상품권이 들어 있다 한들 나는 그 남자를 보고 '낭만적이야' 하는 생각은 하지 않을 것이다. 낭만은 아주 작거나 예상할 수 없는 것들과 어울린다. 나뭇가지에 앉아 있는 참새와 같다고 하면 어떨까. 우리가 바라보고 있는 것이 그저 한 그루 나무 같겠지만 그 나무 속에 얼마나 많은 새들이 앉아 있는지를 발견한다면 당신은 아마 깜짝 놀랄 것이다. 잘 보이지 않는 아주 작은 것, 꼭

꼭 숨어 있지만 한번 알게 되면 그냥 지나칠 수 없는 것. 그러나 역시 자주 잊고 마는 것. 이런 것이 낭만이라는 생각에 나는 참새 가득한 나무를 보게 된 날이나, 골목에서 꽃 든 남자를 마주친 날은 아주 낭만적으로 기분이 좋다.

집으로 돌아가는 길에 꽃 파는 트럭을 발견했다. 장미꽃 사내를 본 밤이므로 트럭을 그냥 지나칠 수 없었다. 이런 작은 상황에도 '운명'이라는 단어를 갖다붙이면 모든 것이 그럴싸해진다. 꽃과 엮인 저녁. 탐스러운 꽃들 중에서 나도 장미를 집어들었다. 열 송이에 2,000원. 말도 안 되는 가격에 노란 장미 열 송이를 받아들고 신이 났는데, 꽃장수 아저씨는 "아가씨가 예쁘니까 하나 더" 하며 참 낭만적인 빈말과 함께 한 송이를 더 안겨주신다. 낭만적인 사내들이 가득한 저녁. 내 남자가 아니어도 이런 사내들을 만나게 되는 것은 행복하다.

꽃을 꽂아두고 누우니 장미 향이 솔솔 풍겨온다. 나는 장미꽃 한 송이를 들고 가던 남자를 떠올린다. 그 사람 다른 손에 들려 있던 까만 비닐봉지에는 햇자두 몇 알이 들었을까. 보지 못했지만 아마도 그럴 것이었다. 기다리는 이에게 양손 가득 종종거리며 가던 그 사람 발걸음에 장미 향, 자두 향이 배어 있었다. 받아든 사람의 환한 미소는 두말할 것도 없고. 역시나 낭만은 작은 것이 어울린다. 덕분에 밤이 온통 낭만 장미 향투성이다.

꼬치가 익어가는 시간

중국의 리장에 머무는 동안에는 숙소로 돌아가기 전 거의 매일 들르던 곳이 있었는데요, 바로 동네의 작은 꼬칫집입니다. 그곳의 선술집 같은 곳이지요. 배가 불러 더이상 뭘 먹지 못할 지경일 때도, 아주 피곤한 여정을 마친 날에도 내가 악착같이 그곳에 들렀던 것은 밤을 지켜보고 싶었던 까닭입니다. 사람들의 밤을 지켜보려고, 나의 밤에 한번 더 말 걸어보려고요.

가게 안으로 들어가기 전, 먼저 입구에 쭈욱 진열되어 있는 꼬치 중에서 몇 개를 고릅니다. 내가 선택하는 건 주로 호박, 부추, 버섯, 양고기, 염통 같은 것이지요. 몇 개를 집어 파파에게 건네주면 파파는 능숙한 솜씨로 불 위에 올린 뒤 그것들을 굽기 시작합니다. 호박꼬치 하나를 굽는 데 몇 번의 손길이 지나는지 셀 수도 없어요. 양념을 바르고 소금을 치고 뒤집고 칼집을 내고 또다른 양념을 바르고 뒤집고 부채로 부치고 또 뒤집고……. 파파의 손놀림은 마술사의 그것처럼 신속하고 현란하며 또한 정성스럽습니다.

꼬치가 익어가는 동안 나는 테이블에 앉아 옆 테이블의 상황을 구경합니다. 다들 각자의 음식에, 일행과의 대화에 열중하고 있으므로 힐끗거리지 않고 당당하게 '구경'해요. 그러다 간혹 눈이 마주친다 한들 그쪽도 나를 구경하고 있었던 거니까 피차 따져 물을 것 없지요. 옆 테이블의 사내들은 바이주(중국 전통술)를 각각 한 잔씩 앞에 두고 국물요리를 먹고 있었어요. 시끌벅적한 걸 보니 어느 정도 취해서 기분이 좋은 상태인 것 같았습니다. 아마 낮에 만난 여자 이야기를 하거나 친구에게 들은 시시껄렁한 농담을 나누는 중이었을 거예요. 말을 알아들을 순 없지만 웃음이나 표정은 만국 공통어니까요. 이들의 웃음은 딱 '히히덕거린다'입니다. 실없긴 해도 어쨌든 좋아 보여요. 그것이 또 술 한잔이 주는 재미 아니겠어요. 뒤 테이블의 소녀들은 꼬치와 국수를 조용히 먹고 갔습니다. 이들은 친구가 아니라 자매일지도 모르겠네요. 말에 인색한 사이가 가족이라면, 후회할지 알면서도 끊임없이 말하게 되는 것이 친구라는 나의 작은 편견에 따른 짐작입니다. 그들은 시작부터 끝까지 한마디 말도 없이 그저 먹는 것에 열중하고는 돌아갔습니다. 나는 잠깐 소녀들의 침묵에 대해 생각합니다. 그치요, 그럴 수도 있지요. 모든 말이 다 의미있는 것은 아니고 또 모두 각자 다른 의미의 침묵을 갖고 있는 것이니까요. 말보다 더 큰 이야기가 담긴 침묵도 있고요. 그들의 침묵은 고요하고 편안해 보였습니다. 나도 나만의 침묵에 빠져 있을 무렵 연인으로 보이는 둘이 들어왔어요. 그들은 두부, 버섯, 호박 꼬치를 각각 두 개씩 시켜서 사이좋게 하나씩 먹었어요. 여기 꼬치의 종류가 몇 가지인지 아세요? 수십 가지가 넘는 것들을 두고 저 통일된 선택은 뭐지? 의아했지요. 누가 누구의 뜻에 맞춘 것일까요? 아니면 이렇게 딱 들어맞는 취향이어서 이들은 연인이 된 걸까요. 둘은 소박한 간식을 참 즐겁게도 먹었습니다. 꼬치를 먹는 건지 상대의 웃음을 먹는 건지 모를 정도로 아름다운 표정들이었어요. 나는 갑자기 저게 진짜 사랑인 것만 같아서 호박을 씹으며 뜨끔했습니다. 호박이냐 가지냐는 전혀 중요하지 않은 것, 호박이든 가지든 무엇이라도 함께 먹어 좋은 것, 그것이 사랑이라면 나는 사랑을 한 적이 있었던가. 내 소리만 내던 지난 나의 사랑에게 참 미안했습니다. 내가 다시 사랑한다면 진짜 사랑의 맛이 무엇인지를 그때는 알게 될까, 생각했습니다.

꼬치를 굽는 파파와 요리를 하는 마마의 아들은 열대여섯 살 되어 보이는 소년입니다. 소년은 밤늦도록 부모를 도와 일을 했어요. 주문을 받고, 다 구워진 꼬치를 접시에 담아 나르고, 손님들이 나간 테이블을 정리하기도 했고요. 바구니를 이고 나가서 제 몸보다 큰 가스통을 지고 돌아온 소년의 다리가 휘청거렸습니다. 그러나 소년은 투정이 없었지요. "콩나물 500원어치만 사 와." 엄마의 말이 떨어지기 무섭게 입이 댓 발로 나왔던 나의 어린 시절이 스쳐지나갑니다.

구경하다보면 시간 가는 줄도 몰라요. 쳐다보며 먹느라 오래 걸렸습니다. 밤이 깊어서야 나는 자리를 일어섭니다. 얼마냐고 물으니 8위안이랍니다. 한국 돈으로 1,500원 정도 되는 그것으로 나는 꼬치 말고도 너무 많은 걸 먹었습니다. 내가 아는 몇 안 되는 중국말 중에 두 마디를 꾹꾹 눌러 파파에게 전합니다. 하오 츠. 츠 하오 러. 맛있어요. 잘 먹었습니다.

정말 즐거운 밤이었다고, 파파의 근면한 손과 소년의 착한 등은 너무 근사했다고, 오늘 만난 손님들도 내게 많은 얘길 들려주었다고, 내일 또 오겠다고, 하고 싶은 말이 가득했지만 할 수 있는 중국말이 없어서 내가 지을 수 있는 가장 환한 미소를 지어 보였습니다. 웃음이나 표정, 눈빛은 만국 공통어라 했으니까 파파도 나의 마음을 알아채셨을 거예요. 꼭 그만큼의 미소가 돌아옵니다.

돌아가는 길, 작전명처럼 하늘에는 별이 가득합니다. 이런 밤에는 저것은 나를 위한 별이라고 착각해도 괜찮을 거예요. 아마 오늘밤 내가 바라본 것 모두가 착각에서부터 걸어나온 삶의 편린일지도 모르지요. 하지만 이것이 여행자만이 가질 수 있는 특권이라면 나는 언제나 여행자의 자리에 머무르고만 싶군요. 그리하여 오늘, 꼬치가 익어가는 시간 참 행복했다 말하고 싶은 겁니다.

시선 둘

지하철에서 분을 바르는 여자를 바라본다.

분 냄새는 엄마 냄새라고만 생각했는데

분 냄새는 예뻐 보이고 싶은 여자의 냄새라는 걸 이제야 알겠네.

시선 셋

술에 조금 취해서
낮선 강아지를 조심스레 쓰다듬는 저 사람은,
손도 맘도 고울 것이라는 편견
혹은 진실.

술에 취하지 않고서도
낮선 강아지에게 "야, 메리 쫑쫑" 하는 저 사람과는
평생 모르고 지냈으면 좋겠다는 오만
혹은 진심.

이렇게도 만나지 –남 같지가 않아서 2

자주 가는 조용한 카페가 있다. 카페는 널찍하고 붐비지 않아서 혼자 4인용 테이블을 온종일 차지하고 앉아 있어도 전혀 문제될 것 없는 그런 곳이다. 그날도 나는 도서관을 찾듯이 그곳에 갔다. 다행히 카페의 제일 안쪽 창가 옆 나의 자리는 비어 있었다. 다만 내 자리 맞은편에 이른 손님들이 있었는데 이들의 언성이 날카로워서 조금 신경이 쓰였다. 중년의 여성이 한 청년에게 불만을 토로하고 있었는데, 이야기를 듣자 하니 여성은 근처 공사중인 건물의 주인이고 청년은 공사를 맡은 업체 직원인 듯했다. 짐작할 수 있는 이야기들이 오고갔고 청년은 여성의 격앙된 말들을 다 받아주느라 조금 힘들어 보이기도 했다. 그리고 나는 이어폰으로 귀를 막았으므로 뒤의 이야기는 알지 못한다. 여성이 먼저 떠나고 청년이 홀로 남은 것을 보았다.

열두시부터 오후 다섯시가 될 때까지 책을 읽고 글을 쓰고 음악을 듣는 동안 시야 너머로 청년이 보이기도 했는데 그는 빈 테이블에 그대로 앉아 휴대폰을 보거나 통화를 하는 것 같았다. 이어폰을 빼자 곧바로 그의 세상이 들려왔다. 조용한 카페의 단점은 이런 것이다. 엿들을 마음이 없어도 자동으로 곁을 듣게 되는 것. 그때 청년은 본격적으로 통화를 시작했다. 아는 동생에게, 친구에게, 선배에게 오늘의 이야기를 쭉 늘어놓고 있었다. 새벽 여섯시부터 현장에 나왔다, 낮에 건물주를 만나 그 사람 하는 얘기(하나부터 열까지 불만 또 불만) 가만히 다 들어주었다. 지금 커피숍에 여섯 시간째 앉아 있다, 사장님이 퇴근 허락을 안 한다, 토요일에 이게 뭐냐, 너는 요즘 바쁘냐, 형은 토요일인데 형수랑 어디 안 가요? 아 스트레스 쌓여, 너 지난주 생일에는 뭐 하며 지냈냐, 회사 차 상태가 진짜 안 좋다, 그 카센터가 수리를 잘한다고? 아, 진짜 집에 가고 싶다, 아니 왜 나한테 이래, 나와라 술이나 한잔하자.

여기까지 들은 나는 아, 저 사람 참 힘든 하루 보냈구나, 하는 마음이 절로 들었다. (이야기가 카센터로 넘어갈 때는 좀 웃겼지만.) 그래도 푸념 늘어놓을 친구가 많네. 다행이다. 그래요, 오늘 친구 만나서 술 한잔하면서 다 풀어요. 파이팅! 그리고 다시 나의 놀이 속으로 들어가려는데 그 사람이 내게 왔다. 담뱃불을 빌려달라고 했고 나는 혼자 속으로 건넨 이야기가 들렸나 싶어 조금 놀랐다.

자기 자리로 돌아간 그가 잠시 후 말을 걸어왔다.

"저기요, 저 물어볼 게 있는데요."

"네?"

"혹시 이 근처에 뭐 먹을 만한 곳 아세요? 맛있는 집이요."
"저도 이 동네 사람이 아니라 잘 모르는데…… 죄송합니다."
"저어, 이런 말씀드리기 좀 그런데, 저랑 술 한잔만 하시면 안 될까요?"

아뿔싸.

"제가 오늘 좀 긴 하루를 보내서요, 같이 술 한잔하시지요. 보니까 그쪽도 오래 앉아 계셨고 어차피 식사하셔야 할 테니까 한두 시간만 시간 내셔서…… 제가 뭐 작업 걸고 그런 거 아니고요."
"아, 네에. 그런데 제가 오늘 해야 할 일이 있어서요. 죄송해요."
"이런 말 하는 저도 지금 굉장히 민망한데 오늘 좀 그럴 사정이 있어서 이렇게 부탁드리는 거예요. 진짜 같이 가주시면 좋겠는데."
"음. 네, 저도 압니다. 정말 미안하게도, 제가 들으려고 한 건 아니었는데 어떻게 다 들어버려서. 힘든 하루를 보내신 것 같은데, 그래서 속으로 응원도 하고 그랬는데, 지금 함께 가는 건 조금 무리겠어요."

살면서 이런 상황을 만날 일이 있을까? 있더라. 나는 말을 좀 횡설수설했고 그는 좀 강경했다. 친구를 만나기로 하지 않았느냐 이야기도 꺼내보았는데 모든 친구들에게 거절당했다고 했다. 어려운 부탁도 아니니 좀 들어달라고, 자신의 헛헛함과 민망함은 어쩔 것이냐고도 했다. 너무 당당해서 그것이 정말로 내 책임인 양 느껴지려고 했다. 내가 야멸찬 사람인가? 그러나 나는 내가 거절을 못할 것이라는 걸 이미 알고 있었다. '아뿔싸'는 그래서 나온 것이다. 선약이 있다고 둘러대거나 냉철하게 나의 할 일을 바라볼 수 있는 사람이 못 된다, 나는. 모든 것을 다 들어버린 입장에서, 속으로 응원의 말까지 건넨 입장에서는 말이다. 만약 이것이 데이트 신청이었다면 누구보다 세련되게 거절할 수 있었을 텐데, 그건 또 아니라잖나. 답이 정해져 있는 문제 앞에서 얼마간 쓸모없는 고민을 한 후에 나는 잠시 그의 친구가 되어주기로 했다.

그리하여 생면부지의 청년과 나는 함께 고기를 구워먹으며 술을 마셨다. 무슨 말이든 다 들어줄 작정이었는데 뜻밖에도 오늘 일에 대해서 그는 별말이 없었다. 속상한 거 뭐든 털어놓아요, 다 들어줄 테니까. 내가 이렇게 말했을 때 청년의 얼굴이 조금 일그러졌다. 그때 내가 알게 된 것은, 친구라는 건 누가 하나 듣고 누가 하나 말하는 그런 사이가 아니라는 것이다. 목적 없이도 서로 듣고 말하고 나누는 것이 친구라면 나는 그저 듣기만 하겠다, '널 위해서'라는 배려의 탈을 쓴 오만한 모습을 하고 있었으니 오히려 고약한 친구였던 셈이다. 나이를 확인한 뒤 곧바로 누나 누나 하던 넉살 좋은 그와는 달리 이름을 물어왔을 때 나는 그저 '양'이라고만 대답한 걸 보면 내가 얼마나 서툴고 멀리 있는 친구인지 알 수 있었다. 우리는 많이 다른 사람이었고 게다가 낯선 사람이었다. '김'과 나는 처음에 짝이 맞지 않는 퍼즐 조각처럼 덜그럭거렸는데 그때 내가 또하나 알게 된 것은 우리는 사람이기 때문에 서로 달라도 조금만 마음을 쓰면 어디에든 잘 어울리는 조각이 될 수 있다는 것이다. 그뒤로 김과 나는 많은 이야기를 나누었던 것 같다. 김의 사촌형(진지하고 답답한 게 나랑 정말 비슷한 것 같다고 했다) 이야기를 들었고, 귀여운 조카 사진을 보았다. 좋아하는 음악 이야기를 나누었고, 여자친구가 외국 사람이라는 것도 알려주었다. 나중에 아이를 낳으면 사내아이는 축구선수를, 딸아이는 배우를 시키겠다는 말에 아니 그걸 왜 김이 미리 정해요, 아이들이 자기 하고 싶다는 거 하게 해야지. 이런 사소하고 엉뚱한 이야기까지 했다. 김은 반응에 인색한 나를 처음처럼 타박하지 않았고, 나도 얼굴을 풀고 친구 앞에서처럼 웃었다. 친구 되는 거 어렵지 않구나.

김과 나는 조금 우습게 작별했다. 식당에서 나온 김은 '그 음악'을 들어볼 테냐 했다. '그 음악'은 김이 좋아해서 대략 사천 번을 들었다는 러시아 노래였는데, 말했던 것만큼 곡이 아름답고 슬퍼서 두 번을 들었다. 순간 나는 완전히 걷고 싶어졌다. 노래 속에서는 한 사내가 나지막이 읊조리다가 후렴구에 같은 말을 반복했는데, 김이 알려준 바로는 뜻이 '보고 싶어요'인가 '당신을 잊을 수 없어요'인가 그랬다. 나는 좀 걷겠다고 했다. 한 삼십 분은 걸어야겠다고 했다. 이것은 순전히 그 읊조림 때문이었다. 노래 한 곡 때문에 돌연 걷겠다는 나를, 당신은 이상하게 생각할지도 모르겠다. 하지만 누구라도 그 노래를 들어보면 내 마음을 이해할 수 있을 거라고 생각한다. (제목을 알아두지 못해서 소개를 할 순 없다. 다행인가.) 그만 걷고 치킨을 먹으러 가자는 김에게 말했다. 안녕, 친구. 반가웠어요. 우리는 여기서 각자의 길을 가기로 해요.

지금 생각하면 피식, 웃음이 난다. 이 만남 말이다. 사람과 사람이 이렇게 만나기도 하고 그 낯선 둘이 친구가 될 수도 있다는 것은 어찌됐건 마음 따뜻해지는 일이다. 물론 이야기가 삼천포로 빠지듯이 내가 삼천포로든 어디로든 걸어야만 해서 우리의 인연은 거기서 끝이 났지만 말이다. 그의 고단함을 위로해주겠다던 내가 오히려 곰살맞은 사람의 정을 느꼈으니 용기 내어 말 걸어왔던 김에게 감사할 일이고 갑작스럽게 작별한 것에 미안해야 할 일이다. 아름답게 보자면, 만남에 어울리는 작별이었던 것도 같다(고 우겨보고도 싶다). 우리는 이름도 모르고 연락처도 나누지 않았기 때문에 또 만날 일은 없어 보인다. 허나, 어느 낯선 길에서 김을 다시 만난다면 나는 정말 반갑게 인사를 나눌 수 있을 것이다. 잘 갔어요? 나 그날 정말 잘 걸었어요, 참 좋은 시간이었지 뭐예요.

세상은 넓다. 때로는 무척 좁기도 하다. 살다보니 이렇게도 만나더라. 그러니 우리도 언제 어디서 만나게 될지 모를 일이다. 마음의 오지랖은 날이 갈수록 넓어지고 귀는 점점 밖을 향해 열리니 어느 날 불쑥 내가 당신에게 말을 걸지도 모르겠다. 그러면 너무 놀라지 마시고 한번 들어나보시라. 또 모르잖나. 우리가 생각보다 잘 들어맞는 퍼즐이 될지도.

시선 넷

성형수술 광고가 가득한 지하철 광고판을 보다가
앞 사람 입, 옆 사람 코, 그 옆 사람 턱을 보다가
나는 어디가 못생겼는지
어떻게 하면 더 예뻐질 것인지를 생각하다가
가까이에서 너무 쉽게 답을 구했다.
내 앞의 한 소녀가 눈을 반짝이며 빙그레 미소 짓고 있었다.
세상에서 제일 예뻤다.

두점박이 사슴벌레

지하철을 타고 집으로 돌아가는 길, 지하철 안에서 사람들 발을 본다. 이제 지하철에서 볼 것은 그것뿐이다. 창밖은 새까만 지하세계고 눈앞의 광경은 내겐 가혹하다. 마주보고 있는 승객 일곱 명 모두가 전화기를 보고 있다. 내 옆 사람도, 그 옆 사람도, 그 사람 옆 사람도. 갑자기 멀미가 난다. 다시는 지하철을 타고 싶지 않다.

뒤차와의 간격을 위하여 지하철이 잠시 정차했다. 다음 정거장이 우리집이고, 지금 멈춘 역은 '두점박이 사슴벌레' 가는 길이다. 여기서 멈춘 것은 오늘의 운명일까? 3초 고민하는 사이, 열차의 문이 열린다. 후다닥 뛰어내린다. 지하철 멀미 때문이다. 아니, 두점박이 사슴벌레 때문이다.

오랜만이다. 두점박이 사슴벌레는 내가 너무 사랑하는 포장마차다. 술 약속이 있으면 두점박이 사슴벌레, 두점박이 사슴벌레, 노래를 부르지만 자주 오지 못하고 일 년에 한두 번 온다. 옛 연인과 처음 함께 왔었고, 그 사람은 이제 보지 않지만 여기에는 온다. 친구들을 데리고 이곳에 오는 날이면 나는 조금 수다스러운 사람이 된다. 좋지? 좋지? 진짜 좋지? 그들은 단번에 동의하지 않지만, 곧 동의한다. 조기구이든, 꼼장어든, 목살이든 한 점 먹고 나면 다들 좋아한다. 그렇다면 내가 너무 급하게 동의를 구한 것이다. 내가 좋아서 폴짝거리는 것은 안주가 아니다. 물론 안주도 정말정말 맛있지만!

나의 포장마차 사랑은 아주 오래전으로 거슬러올라간다. 드라마에서 남자주인공이 사랑의 열병 혹은 실연의 아픔 혹은 인생의 허무에 허우적거리며 홀로 포장마차에 앉아 술을 마시던 장면이나, 골목 끝집 아저씨가 일 끝내고 동료들과 함께 다홍색 포장을 처억 걷고 들어와 아무거나 하나 줘, 하시며 술 한잔을 입에 털어 넣는 장면은 이상하게 가슴께에 오래 남았다. 나는 그때 어렴풋이 술맛을 짐작할 수 있었는데, 그것은 매우 쓰거나 매우 달 것이었다.

대학입시를 끝낸 그해 겨울, 엄마와 목욕탕에 다녀오던 길에 포장마차를 발견하고 엄마를 졸랐다. 바다 앞이라 괜히 비쌀 것이라며, 주차는 어디 하냐며 그냥 가자는 엄마를 악착같이 설득했다. 설득이라고 해봐야 엄마, 한 번만, 한 번만 가보자, 내 소원이야, 였지만……. 조금 비싸면 어떤가. 나는 곧 어른이 될 참이었고, 인생의 첫 포장마차였고, 인생의 첫 포장마차라면 앞에 바다쯤은 있어줘야 하지 않겠는가! 그곳에서 뭘 먹었는지는 기억나지 않는다. 개불인가 해삼인가 멍게인가를 먹었을 것이고 소주 대신 우동을 먹어서 조금 섭섭했을 것이다. 술이 없으니 김씨 아저씨나 박군이 느꼈을 단맛과 쓴맛은 느끼지 못했지만, 가운데 진열대를 두고 마차에 둘러앉은 그 오붓한 분위기는 충분히 느꼈다. 옆에서 끓고 있는 홍합 국물이 겨울 코끝에 따뜻했다. 다 먹고 나오니 차에는 주차위반 딱지가 붙어 있었고 엄마 말대로 음식값이 터무니없이 비싸서 돌아오는 내내 엄마한테 욕을 먹었지만, 욕을 먹으면서도 좋아서 실실 웃었다.

그뒤로 포장마차에 갈 일은 그리 많지 않았던 것 같다. 친구들은 포장마차보다는 호프집을 선호하는 젊은이들이었다. 나는 늙은이였나? 나도 다를 바 없었기에 그들과 함께 호프집에 다녔다. 그럼에도 어느 골목에서 포장마차만 봤다 하면 나는 늘 김씨 아저씨나 박군이 거기에 있을 것만 같아 포장 안을 기웃거렸다. 그러다가, 아주 긴 시간이 흘러 두점박이 사슴벌레를 만난 것이다.

두점박이 사슴벌레는 최고였다. 마차 안에는 손님들이 어깨를 나란히 하고 앉아 밤의 술잔을 기울이고 있었다. 응, 어여 와, 삼촌. 뭐 주까이. 걸쭉한 남도 사투리를 쓰는 이모는 젊고 예쁘고 활기가 넘치셨다. 소주를 앞에 두고 친구와 이야기를 나누면서도 나는 옆자리의 이야기를 모두 구경할 수 있었는데, 마차 안에는 벽도 담도 틈도 없었기 때문이다. 그러는 사이, 할아버지 세 분이 얼큰하게 취해서 들어오셨다. 할아버지 두 분은 서로 딴소리를 하며 술을 드셨고, 한 분은 바깥이 추웠던지 빠알간 코를 하고선 콧물을 흘리셨다. 나는 당신들 사이가 너무 부럽고 어른이 코 흘리는 모습이 너무 귀여워서 한참을 바라보며 웃었다. 그날 우리는 조기구이 하나를 놓고 소주를 많이도 마셨다. 포장마차에서는 모든 장면이 맛깔나고 푸짐한 안주였기에 그럴 수밖에 없었다. 술이 매우 달았다.

두점박이 사슴벌레 옆에는 서너 개의 포장마차가 더 있지만 나는 꼭 두점박이 사슴벌레에 간다. 이모 때문이다. 이모는 정말 정답고 곱다. 시 실 이모는 욕도 하신다. 지랄옘병, 하시지만 악의가 없어 그것은 오히려 맛있는 추임새가 된다. 이모는 손님들에게 연두부에 양념장을 얹어 내고, 오뎅 국물을 퍼주고, 꼼장어를 구워주고 난 다음 독서를 하신다. 갈 때마다 책이 없는 것을 본 적이 없다. 주로 소설을 읽는다고 하셨다. 나는 그런 이모가 너무 좋아서 이모, 술 한 잔 드릴까요, 했다. 아이고, 언제 주나 했네, 하시며 이모는 내가 건넨 술잔을 받아 달게 드신다. 그런 날이면 이모는 꼭 "이건 싸아비스—" 하며 술 한 병값을 안 받으신다. 언젠가는 간장게장을 싸주셔서 며칠을 잘 먹었고, 어느 날엔 아들이 장가를 갔다며 기쁜 자랑을 하셨다. 새벽까지 오만 인간들(나를 포함) 치다꺼리 다 하시고도 이모는 늘 쌩글쌩글 웃으신다. 두점박이 사슴벌레가 좋은 것은 다 이모 때문이다.

운명처럼 지하철에서 내려 두점박이 사슴벌레를 향해 가던 길에는 비가 내렸다. 비 오는 날 이른 시간에 혼자 나타난 나를 보고 이모는 뭔 일 없제이, 뭔 일 없제이, 하셨다. 네, 아무 일 없어요. 지하철이 여기에 딱 멈췄고, 멀미가 났을 뿐이에요. 아무 일도 아니에요.

포장마차는 만원이었다. 김씨 아저씨와 박군 모두 와 있었다. 연인들은 벌써 만취했고, 청년들은 무엇인가 심각했다. 아저씨는 침묵했고, 아가씨들은 깔깔거렸다. 작은 직사각형 유리 진열대를 가운데 두고 모두가 벽도 담도 없이 둘러앉아 같은 시간을 다르게 보내고 있었다. 비가 내리고, 우산이 없고, 소주가 달고, 이모가 좋아서 꼼장어 한 접시를 다 먹고도 오래 앉아 있었다. 마차 옆 가로등이 달처럼 밝았다. 역시나 이곳에서는 모든 장면이 제일 맛있는 안주였다.

당신도 나처럼 어느 날에 갑자기 세상만사 지긋지긋하여 멀미가 나거나 지하철이 운명처럼 거기에 멈추어 선다면 두점박이 사슴벌레를 찾아가기 바란다. 거기에 가면 취한 사람들이 있다. 절망에 취하고, 사랑에 취하고, 행복에 취하고, 고독에 취하고, 우정에 취한 사람들의 진짜 이야기가 있다. 평생에 언제 만날까 싶은 사람들이 머리를 모으고 앉아 너도 그렇구나, 나도 그런데, 다 그렇지 뭐, 하고 있다. 그날에는 내가 김씨 아저씨고, 당신이 박군이다. 조금 늦은 시간이라면 이모에게 술 한잔을 권하고, 이모가 들려주는 이야기를 들어도 좋겠다. 이모는 당신에게 들려줄, 목살구이처럼 쫀득쫀득하고 고소한 이야기를 아주 많이 갖고 있다. 이 모든 것이 공짜다. 넘쳐나는 장면의 안주를 취향대로 선택해서 맛있게 드시기를! 그러다 보면 인생의 멀미는 사라지고 어느샌가 술이 너무 달아 주량보다 더 많이 먹게 될지도 모르지만, 그것은 알아서 하시고.

'두점박이 사슴벌레'라는 이름이 지금은 사용되지 않을지도 모르겠다. 얼마 전부터 마차들은 1호, 2호, 5호, 이런 식으로 바뀐 듯했다. 그러면 어떻게 두점박이 사슴벌레를 찾아가느냐고? 눈이 크고 아름다운 이모, 그러나 절대 장가 간 아들이 있어 보이지 않는 젊은 이모가 손에 책을 들고 있다면 그 집이 맞다. 어서 오세요. 어서 와요. 이리 앉어. 이런 말 말고 "응, 어여 와이, 뭐 주까이?" 하는 이모가 있다면, 그런데 왠지 그 말이 낯설지 않고 희한하게 사랑스럽다면, 그 집이 두점박이 사슴벌레 맞다.

마이 파이소

아그야, 요 버스 왔다.

할머니 한 분이 내게 일러주셨다.

마을의 커다란 나무 옆에 작은 버스 정류장이 있었다. 언제 올지 모르는 버스를 기다리며 어슬렁거리는 사이 인적 없던 마을에 합창처럼 할머니들이 한 분 두 분 모여들었고, 사람 수보다 많은 짐 꾸러미들이 알록달록 줄을 섰다.

보따리 보따리 꾸리가꼬 어디 가십니꺼, 할무이.

마늘종하고 파하고 또 뭐라예. 그거 장에 내다팔러 가십니꺼.

우째 동네가 조용하다 했드만 다 밭이고 들에 나가서 그거 캐고 뜯고 따고 하셨는갑다.

손으로, 땀으로, 굽은 허리로 그래 새빠지게 농사지어가꼬 우리

입에 그거 넣어주시는 기라예. 그래가 아들딸 다 키워가 서울 보냈지예.

자식들 입에 들어가는 거는 한 개도 안 아까바도 할매 꺼 사는 거는 그래 아까워가 평생 흙 묻은 손에 로션 같은 거 한번 안 바르고 살았지예.

아이긴 뭐 아이라, 할매 손 보이 딱 알겠구만.

할무이들, 오늘 마이 파이소.
돌아가실 때는 그거 싹 다 팔고 가볍게 몸만 가이소.
어째 올 추석에는 아들 손자 손녀 다 내려온다 합디까.
할매, 그날만 기다리고 있을 낀데…….
할무이, 오래오래 건강하셔야 됩니데이.
할무이들, 오늘 마이 마이 파이소.
다 팔고 가이소.

홀리 마을 할머니들, 그 무거운 짐보따리까지 알록달록 실은 버스는 그렇게 중앙시장으로, 서호시장으로 달려간다. 다행이다, 어제까지 내리던 비가 그쳐서……. 할머니들 내리시는데 인사는 못 드리고 그 뒷모습에다 대고 '마이 파이소, 마이 파이소' 할머니 사투리 흉내내며 혼잣말한다. 버스 안, 보따리 사이로 빼꼼 삐져나온 파 냄새, 할머니 따라 내리지 못하고 향기롭다.

바라보니

저 사람 요사이 많이 웃는다.
많이 웃어서 다행이다.

엄마와 딸

연극을 보러 대학로에 나갔다가 시간이 남아 근처 패스트푸드점에 들어갔다. 주변에 조용하고 아담한 카페도 몇 있었지만 여행을 다녀온 직후라 어디든 정신없는 곳에 놓이고 싶었다. 요상한 음악이 흐르거나, 감자튀김 냄새 고기 냄새 인스턴트 냄새가 풍기거나, 소년 소녀들의 왁자한 이야기 소리가 가득하겠지만 그것이 오히려 나를 위로해줄지도 모를 일이었다. 정말이지 고요하고 아름다운 곳에 다녀왔고, 자연스럽고 착한 사람들을 많이 만났고, 봄꽃들이 마구 피고 지고 흩날렸었다. 가만히 있어도 마음이 두근두근하는 여행이었다. 꿈이 아니었는데 그것은 꿈처럼 비현실적이어서 현실로 돌아온 나는 곧 울음이 터질 것만 같았다. 그곳에서 선물 받은 책을 펼쳤는데, 작은 언덕 이야기에도 눈물이 났다. 감자튀김과 햄버거를 씹으며 훌쩍거렸다. 나도 참 주책이다, 하며 눈물 콧물 닦는데 옆 테이블의 엄마가 그런 나를 슬쩍 쳐다보았다.

잠시 후 엄마가 기다리던 테이블에 딸이 왔다. 나는 처음에 이들이 엄마와 딸 사이가 아닌 줄 알았다. 선생님과 학생 정도일 거라고 생각한 것은 순전히 그들의 대화 내용 때문이었다. 그래서 너는 요새 어떻게 하고 있니? 너 수학 성적이 영 안 좋던데 그 문제집 꼬박꼬박 잘 풀고 있는 거야? 국어 영어 수학 그거는 하루에 두 시간씩 어떻게 해서라도 잡고 해야 된다. 잠은? 최대 다섯 시간 정도만 자는 게 몸에 배도록 해야 해. 습관이 되도록, 알았어? 복사꽃 피던 길 위를 서성이던 나는 급행열차를 타고 화들짝 현실로 돌아왔다. 그래, 여기에 복사꽃은 없다.

딸은 엄마와 떨어져 살고 있는 듯했다. 유리창 너머 길의 이정표에 'OO국제고등학교'가 있는 것으로 보아 딸은 그 학교 기숙사에서 지내고 있는지도 모른다. 딸의 공부 상황을 하나하나 체크하고 있는 엄마의 말투가 빠르고 날카로웠다. 잠은 몇 시간 자느냐고, 그렇게 많이 자서 어쩌냐고 하는 엄마의 이야기를 듣고 있자니, 학창 시절 엄마에게 잔소리 들은 적 없이 살았지만 이 딸의 심정을 이해할 것만 같았다. 딸은 돌아가서 친구에게 "나 오늘 엄마 잔소리 때문에 짜증나죽는 줄 알았어"라고 말할까.

다음에 따라온 엄마의 푸념이 없었더라면 그들은 내게 영원히 '(멋지지 않은) 선생님과 학생'으로 기억될 것이었다.

"너 제발 그만 좀 할 수 없니? 상은이네 엄마는 상은이 앉혀놓고 손톱도 깎아주고 그런다는데 나한테는 그런 추억이 없어. 너는 왜 그걸 그렇게 먹어? 니가 손톱을 그렇게 물어뜯고 처먹으니까 엄마가 너 손톱 깎아줄 일이 평생 없잖니. 나는 그런 추억도 하나 없는 엄마야."

엄마의 말투는 여전히 빠르고 거칠고 날카로웠지만 나는 그 말속에서 엄마를 보았다. 엄마에게 아이의 손톱은 그런 것이라는 걸 생각해본 적이 없었다. 나는 아직도 딸이기만 하니까. 그런데 엄마에게는 딸을 앉혀놓고 손톱을 깎아주는 작은 일마저 사랑이구나, 추억이구나. 엄마의 그 말이 어찌나 싸아, 하던지 나는 슬쩍 그 엄마를 쳐다보았다.

엄마는 그뒤에도, 어떤 식으로 공부해야 하는지, 어디서 무얼 다운받아 저장해두고 날마다 어떻게 풀어야 하는지를 선생님보다 자세하게 일러주고 있었다. 하지만 그때 내가 보지 않고도 상상할 수 있었던 것은 쟁반에 있는 햄버거나 감자를 계속해서 딸에게 밀어주고 있을 엄마의 손이었다. 아니, 정반대로 이런 거 몸에 안 좋다고 먹지 말라고 오렌지주스 하나 달랑 사주었을지도……. 그들은 이따 건강한 밥을 먹으러 갈지도 모른다. 많이 먹이고 싶은 것, 좋은 것만 먹이고 싶은 것, 손톱을 깎아주고 싶은 것, 제발 손톱 좀 물어뜯지 말았으면 하는 것, 결국에는 다 잘되기 바라는 것 모두 엄마의 마음일 것이다. 그러니 어느 쪽이 옳다고 나는 말할 수가 없다.

딸은 가는 길에 양말을 사야 한다고 했다. 양말 말고 뭐 필요한 거 없냐고 엄마가 묻자 딸은 답이 없었다. 그래도 간 김에 속옷도 몇 개 사고, 두고 먹을 것도 좀 사자고 엄마가 말했다.

아무리 봐도 여기에 복사꽃은 없었다. 지긋지긋한 공부 이야기, 어떻게든 잠을 줄이고 성적을 올려야 하는 팍팍한 현실이 있을 뿐이었다. 답답하고 눈물나는 현실이다. 그래도 내가 이곳으로 다시 돌아와 울음을 멈출 수 있겠는 것은 양말을 사러 간 곳에서 딸에게 꼭 맞는 속옷을 엄마가 사줄 것이기 때문이다. 복사꽃처럼 봉긋하게 피어난 딸의 몸을 엄마는 알 것이기 때문이다. 이것도 꽃 같다면 꽃 같은 장면이기 때문이었다.

다른 것을 본다

나무 아래 오래 앉아 있었습니다. 혼자 앉아 있었습니다.

그러고는 가만히, 나무 아래 앉아 있다, 하고 읊조려봅니다.

어쩌면 그 말이 하고 싶어서 나무를 찾아온 것인지도 모릅니다.

세상의 모든 것들과 촘촘하게 엮여 있고, 때로 그것은 불청객 같았습니다.

한시도 우리는 서로를 외면할 수 없었습니다.

어떤 날은 고요하고 싶었습니다.

나무 아래 앉아 있으면 큰 것들은 아주 작아지고

작은 것들이 커다랗게 보입니다.

다리 위의 자동차들이 손톱만해지고 높은 빌딩들도 여기서는 별것 아닙니다.

올려다보면 잎들이 쏟아질 듯이 머리 위에 펼쳐져 있고

잎사귀가 만들어놓은 그늘 아래에서 비둘기가 쉽니다.
비둘기는 사람을 피하지 않습니다. 겁없이 당당합니다.
비둘기가 다가오면 오히려 내가 움찔합니다.
나는 이것을 나의 비겁이라 말합니다.
가장 작은 벌레는 제 길을 부지런히 가고 있습니다.
그것은 제 길을 아주 잘 알고 있는 듯, 혹은 몰라도 상관없는 듯 했습니다.
그 작은 것에게도 슬픔이 있을까 하는 것을 알아채려면
하루종일 나무 아래 앉아 있어야 할 일이었습니다.
언젠가 나는 내가 모르는 사이에 그것을 짓밟기도 했을 것입니다.
사과해도 이미 늦은 일들이 참 많기도 합니다.
작고 큰 것이 뒤바뀐 나무 아래에서
나는 보이지도 않을 점 하나일 것이 분명했습니다.

눈을 감아봅니다. 지긋지긋한 것들이 떠오릅니다.
대부분 허망한 욕심이나 쇠락한 정신에 관한 것들입니다.
이것은 나의 것이기도 했고 모두의 것이기도 했습니다.
다행히 나무 아래에 앉으면 그 나약과 절망, 분노의 생각 위에
좋은 것들이 내려앉습니다.
아름다운 사람들의 얼굴과 깊은 사람들의 얼굴이 거기 있습니다.
언제나 그들은 내가 몰랐던 사랑을 잘도 품고 살고 있었습니다.
연민이라는 말, 희생 혹은 헌신이라는 말, 사명이라는 말.

말하지 말았으면, 하는 말들을 내뱉고 결국에

이 말들을 몸으로 사는 착한 사람들을 나는 많이 알고 있습니다.

말하지 않고도 당연히 그렇게 사는 단단한 사람들도 많이 있습니다.

그 얼굴들이 내게 반성과 질문을 줍니다.

생각해보면 그들이 나에게는 나무였습니다.

나무 아래 앉아서, 나도 다음번엔 나무이고 싶다고 중얼거립니다.

다시 눈을 뜨면 다른 것들이 보입니다.

생의 수치羞恥는 여전하지만 끝까지 위로해주는 것들이 아주 잘 보입니다.

나무 아래로 모여드는 것들, 나무와 함께 있는 것들,

비둘기와 작은 벌레, 책을 덮고 누운 사내, 쉬어가는 자전거,

꽃과 나비, 흙 한줌, 바람, 웃음소리, 낙화하는 청춘,

모든 것이 먼 기억처럼 가까이에, 내가 볼 수 있는 곳에 함께 있습니다.

다른 것을 보고 싶을 때는 나무 아래 오래 앉아 있으면 됩니다.

나무 아래 오래 앉아 있었다, 하고 읊조리는 시간,

나는 나를 바라보고 있었습니다.

등 밀어줄까 영숙아

오빠의 작업실에 갈 때는 언제나 1박 2일 짧은 여행을 떠나는 기분으로 간다. 오빠의 작업실이 없다면 인생에서 언제 와볼까 싶은 낯선 동네이기 때문에 오가는 길이 늘 신선하다. 오빠가 내준 작업실에서 나는 음악도 마음껏 듣고, 책을 읽고, 커피를 마시고, 책상에 앉아 있는다. 이 짧은 여행을 떠나올 때는 평소에 가방에 넣을 일 없는 것 하나를 더 챙기는데, 바로 초록색 때밀이 타월이다.

작업실 앞에는 오래된 목욕탕이 하나 있었다. 작업실에 따로 씻을 곳이 없기 때문에 그곳에 간 날에는 언젠가부터 종종 목욕탕에를 들렀다. 여행이다 생각하면 하루쯤 씻지 않는 것이 문제될 것이 없지만 한 번 가보고 난 후에는 참 재미있고 기분이 좋아서 애용하게 되었다. 목욕탕에 가는 일정을 추가하느라 1박 2일의 여정이 되기도 했다. 오빠의 작업실에 가는 날은 작은 여행하는 날, 바깥과 단절되는 날, 내게 취하는 날, 그리고 목욕 가는 날.

'중앙사우나'라는 이름의 그 목욕탕은 커다란 건물의 지하에 있었다. 낡은 나무여닫이문을 드르륵 열고 들어가면 오래된 옷장들이 빼곡했는데, 옷장은 작은 초콜릿 조각만한 알루미늄열쇠를 홈에 끼우면 딸깍, 하고 열리는 것이었다. 낡은 바가지와 타일들, 손으로 물을 트는 수도꼭지, 닦아도 묵은 때가 지워지지 않는 거울, 모든 것이 예전 그대로였다. 변하지 않고 남아 있다는 것이 놀라웠다. 손님이 몇 없어 한편으론 걱정이 되기도 했지만, 그래서 언제나 한가하던 그 낡은 목욕탕을 나는 좋아했다. 그런데, 중앙사우나가 사라졌다.

언젠가는 그럴 것이었다. 오래되었고, 낡았고, 손님이 없었으니까 당연히 그럴 수밖에 없었을 거라 생각한다. 충분히 이해할 일이었지만 마음은 어디 그런가. 황망한 가슴을 달래며 돌아와 잠시 멍하게 앉아 있었다. 해가 뜨거운 아침이었고, 내가 좋아하는 것들은 언제나 사라져간다. 이 시절은 그것들을 좋아하지 않는다. 물 한 바가지 들이붓고 나면 이 쓸쓸함이 사라질까, 어떻게든 목욕을 해야겠다는 생각이 들어 인터넷으로 주변의 목욕탕들을 검색하였다. 사라진 중앙사우나 말고 근처에 목욕탕 두 개가 더 있었는데, 가까운 곳에 확인 전화를 걸었더니 영업을 한단다. 어느 꼬불꼬불한 골목 사이에 아직 사라지지 않고 있는 그 목욕탕의 이름은 '자연탕'이었다.

자연탕을 찾아가는 길은 험난하였다. 길을 잘못 들어 미로 같은 골목을 몇 바퀴 돌았다. 헤매면서도 돌아갈 생각을 하지 않았던 것은, 그 작은 골목들 사이에 있는 목욕탕이라면 분명 중앙사우나의 부재를 위로해줄 무언가가 있을 것 같았기 때문이었다. 분명 그랬다. 힘겹게 찾아낸 자연탕은 겉모습만으로 완전히 나를 즐겁게 했다. 주택의 모습을 하고 있는 목욕탕 앞마당에는 커다란 나무가 우거져 있었다. 나무가 나보다 오래 살았을 것 또한 분명했다. 세월의 흔적이 나를 압도했다.

강아지 두 마리가 반기는 작은 창문 구멍으로 목욕비를 내고 들어선 실내. 중앙사우나나 자연탕이나 둘 다 내게는 바나나 우유 이전의 장면이었다. 중앙사우나가 흰 우유라면, 자연탕은 쪼글쪼글 불은 조그만 손으로 요구르트 하나를 들고 먹던 그 모습 그 시절의 풍경이었다. 여탕 안에는 거의 대부분의 수도꼭지가 온전하지 않았고, 타일 사이사이에는 세월의 땟자국이 가득했다. 많은 것들이 부서지고 깨지고 금가 있었다. 사람이 목욕을 할 것이 아니라 목욕탕을 목욕시켜야 할 목욕탕이었다. 그러나 나는 다행으로, 이런 것을 '더럽다' '지저분하다'고 느끼지 못하고 '정겹다' '아련하다' 혹은 '아이고, 좋아' 한다.

온도 선택의 여지가 없는 자연탕의 하나뿐인 온탕에 몸을 담그고 앉아, 나는 물의 온기만큼 자연스럽고 따뜻하게 옛날을 추억했다. 그 탕에서는 저절로 그렇게 되었다. 내 어릴 적, 세 모녀가 함께 다녔던 대연동의 목욕탕 이름은 '대연탕'이거나 '수정탕'이거나 '금성탕'이었을 것이다. 학교를 가지 않는 일요일이면 평소보다 느지막이 일어나 어슬렁거리며 아침 만화영화를 보았고, 늦은 아침을 먹고, 비눗갑과 샴푸와 때수건과 빗과 속옷이 든 하늘색 플라스틱바구니를 들고 엄마와 언니와 함께 늘 목욕탕엘 갔었다. 바구니 들어라, 엄마가 말씀하시면 언니와 나는 네가 들어, 언니가 들어, 실랑이를 벌였다. 그때는 작은 바구니 하나도 그렇게 무겁고 성가시고 부끄러웠다. 가는 길에 슈퍼에 들러 흰 우유를 샀었다. 일요일의 목욕탕은 서두르지 않으면 대개 붐비기 마련이어서 우물 모양의 탕가에도 사람들이 빼곡했다. 차가운 물을 받아 우유를 담가놓고 엄마가 시키는 대로 온탕에 앉아 있으면 아주머니 한 분이 꼭 뜨거운 물을 계속 트시는 바람에 오래 버티지 못하고 뛰쳐나왔다. 각자 때수건을 하나씩 들고 슬렁슬렁 몸을 밀고 있으면 엄마는 두 딸을 차례대로 앞에 앉히고 목이며 등이며 겨드랑이를 구석구석 밀어주셨다. 언니랑 붙어 앉아 있으면 둘이 쌍둥이예요? 하는 질문을 어김없이 받았다. 그러면 언니와 나는 동시에 "아니에요" 하면서 엄마를 쳐다보고 웃었다. 엄마의 등은 동생이지만 힘이 조금 더 센 내가 주로 밀었다. 엄마가 나를 밀 때 나는 항상 "아아, 엄마. 살살, 살살 좀 해" 하는 말이 나왔는데, 엄마는 내가 아무리 세게 밀어도 하나도 안 아픈 모양이었다. 차가운 물에 담가놓았어도 그리 차갑지 않은 흰 우유를 마시고, 마지막으로 온몸에 거품 가득 비누칠을 한 후에 깨끗한 물 한 바가지를 끼얹고 나면 엄마가 둘러주는 수건을 하나씩 뒤집어쓰고 탕을 나갔다. 젖은 머리로 집으로 돌아가는 길은 상쾌하고 나른했었다. 덕분에 일요일의 낮잠은 꿀맛이었다. 가슴도 솟아나기 전, 아이였을 때의 일이다.

어른이 되어서도 뜨거운 것은 여전히 견디기가 힘들어 탕에 오래 있지를 못하는데, 추억하느라 몸이 퉁퉁 불을 만큼 앉아 있었다. 탕에서 나와 수도꼭지가 고장난 샤워기 앞에 앉으니 이런저런 소리가 들려온다. 그들을 바라본다. 자연탕에는 엄마 같은 아주머니들이 한가득 있었다. 아주머니들은 서로 언니 언니 하며 이야기를 나누었다. 오늘은 일찍 왔네, 어제는 양파절임 했는데 너무 많이 해서 어깨가 다 쑤신다. 그거는 너무 안 짜게 잘 해야 돼. 안 그럼 맛없다, 경자야. 가기 전에 나 휴대폰 그거 꼭 좀 알려주고 가라. 알았어, 나갈 때 너 부를게. 오늘 행숙이는 안 오려나. 언니, 나 시장에서 브라자 샀는데 이거 진짜 편해서 다시 가서 하나 또 샀잖아. 시장 어딘데? 안 가르쳐주지롱. 하하, 호호.

엄마들의 이야기가 새 지저귀는 소리 같았다. 지지배배, 지지배배. 그 소리가 있어서 정말 다행이었다. 그 파스는 또 뭐냐며, 우리 때는 이제 관절염이고 뭐고 다 조심해야 한다며 친구를 걱정하는 새소리, 자식들에게 도움은 못 줄망정 손은 안 벌리고 살아야지 하는 새소리, 혼자 온 친구에게 "등 밀어줄까 영숙아?" 하고 저편에서 날아오는 다정한 목소리. 그 소리들이 울려퍼지는 덕분으로 자연탕은 한 몇 년간은 사라지지 않고 영업을 계속할 것이었다. 둘러보니 자연탕에서는 내가 제일 젊은 축이었다. 엄마들의 딸들은 낡고 오래된 이 목욕탕을 싫어할지도 모른다. 혹은 나처럼 엄마와 떨어져 살며 이렇게 혼자 목욕탕을 찾을지도……. 엄마의 등을 밀어준 지 한참 되었다.

중앙사우나 자리에는 학원이 들어설 참이란다. 놀랄 것도 없었지만, 기뻐할 일도 아니었다. 사라진다는 것, 다시 만날 수 없다는 것은 언제나 내게 슬픔이다. 소중한 기억을 빼앗기며 산다. 그 시절에 밤늦도록 학원에서 배웠던 영어 문법, 수학 공식은 하나도 기억나지 않지만 목욕탕을 다니던 어린 날의 일요일, 등에 닿았던 엄마의 까슬한 때밀이 타월의 감촉은 잊을 수가 없는데, 어른이 되어도 우리에게는 등을 밀어줄 누군가의 손이 절실히 필요하다는 것을 이제야 알겠는데, 그 모든 나른하고 따뜻한 것을 온기 가득 머금은 목욕탕에서 배웠는데……. 그러니 중앙사우나는 사라졌어도 자연탕은 사라지지 말아라. 지지배배 새소리 울리며 자연스럽게 그대로 있으라. 영숙씨 등 밀어줄 친구가 거기에 있는 것처럼 그렇게 있어주어라. 손이 닿지 않아 밀지 못한 등의 한가운데가 오늘따라 눈물나게 가려웁다.

PART 04

시인의 밤

양파를 까다가 드는 생각

마늘이나 양파, 혹은 대파를 썰어본 적 있나요. 그것들을 썰면서 매운 눈물 흘린 적 있나요. 흐르는 눈물이 하도 많아서 이것이 마늘이나 양파 때문이 아니라 본디 나의 슬픔은 아닌가, 서러운 것 많았나, 뜨악하지는 않았나요.

그러다가 거의 매일 아침저녁으로 마늘 한 톨을 다지고 양파를 까고 대파를 숭숭 썰어 찌개를 끓이고 나물을 무치고 밥을 짓던 엄마.

엄마는 어떻게 매번 그 매운 눈물을 견뎠을까.

옆집 아줌마, 시장통 할머니, 국밥집 이모.

세상 모든 엄마들의 그 뭉툭해진 손들이 스쳐지나기도 하나요?

온 집에 스며든 파 향 아릿해도 그 냄새 억지로 뺄 생각 없고 작은 것들이 선물한 오늘의 눈물과 잡념이 고마워 잠시 붙잡아둘 마음인가요. 그 속에 있을 텐가요. 서러움 없어도 마저 눈물 흘릴 텐가요.

이것이 노래가 되지 못하고 글 한 줄이 되지는 못해도 작은 종이 쪼가리에다 '양파, 마늘, 엄마한테 전화하기' 번진 글씨로 이렇게 적어두고 그제서야 손을 씻는가요.

그렇다면 당신은 시인이 아닌가요.

국밥 한 그릇

여행을 떠나면 나는 그곳의 시장통이나 길옆 작은 식당에 들어가 밥 한 그릇을 시켜놓고 소주를 한잔씩 하는데, 그것은 이병률 시인의 「스미다」라는 시를 읽고 난 뒤부터다. 시에서 시인은 새벽에 차를 몰고 떠나 아침에 그곳에 도착했다고 했다. 해변 식당에서 아침밥을 시켜 먹으며 생선뼈를 건져내다가 왈칵 눈물이 치솟았다고, 탕이 매워서 그러냐는 식당 주인의 물음에는 대답하지 못하고 눈물을 닦으며 소주를 한 병 시켰다고 했다. 설움이 매웠기 때문이라고 했다. 나는 이 장면이 좋았다. 한낮에 밥집에서 소주를 놓고 눈물을 흘릴 수 있는 사람은 시인뿐이다. 찌개의 생선뼈 앞에서도 왈칵 설움이 솟고, 그 설움을 설웁다 말하는 것은 시인의 몫이다. 나는 시인이 아니었으므로 그러지를 못하고 살아왔지만 그런 설움에는 백 번이고 고개를 끄덕일 수 있었다. 그뒤에도 나는 작은 항구에서 소라 한 접시를 놓고 우는 시인을, 여관방에서 통조림에 깡술을 마시며 침묵하는 시인을, 지방 국도의 허름한 국밥집에서 국밥 한 그릇에 소주를 말아 뜨겁게 삼키는 시인을 종종 만나곤 했다.

통영에 갔을 때의 일이다. 친구네 부모님이 지내시는 시골집이 며칠 빈다는 이야기를 듣고 득달같이 내려간 길이었다. 초행길이었고 홀로 가만히 놓이겠다는 심사였지만 버스가 그 낯선 곳에 나를 내려놓았을 때 따스한 햇살이 온 사방에 가득하여 나는 한껏 들뜬 기분이 되었다. 시골집으로 곧장 가지 않고 관광안내소에서 지도를 한 장 얻었다. 그러고는 소풍 온 아이처럼 혼자 무척 바쁜 하루를 보냈다. 케이블카를 타고 올라가 바다를 조망했고, 버스를 타고 통영 해안을 달렸고, 그러다 내린 어느 동네의 길에서부터 참 많이도 걸었다. 길의 끝에는 바다가 있었고, 바닷가 가운데 시장이 있었다. 한창 파하고 있는 분주한 시장의 저녁. 나는 큰 솥단지에서 김이 모락모락 오르고 있는 국밥집으로 들어갔다. 사실 들어가기 전에 문 앞에서 몇 분을 왔다갔다하였다. 빼꼼히 열린 문 사이로 중년 사내들의 억센 사투리가 요란했고 나는 그 풍경을 방해할 것만 같은 이방인이었기 때문이었다. 그래, 나도 오늘은 시커멓게 그을린 어촌의 중년이 되어보기로 하자. 돼지국밥을 주문하고 소주도 한 병 부탁했다. 푸짐하고 걸걸한 시장의 밥상 앞에서, 늘 마음에 두었던 시인의 모습을 흉내내는 첫 순간이었다.

국밥을 가지고 온 소녀는 친절한 몸짓이었지만 무표정했다. 고된 하루였나. 여기저기서 소녀를 불러댔다. 이거 저 갔다드리라. 여 막걸리 한 병 더. 니 저거 빨리 안 치우고 뭐 하노.

그 작은 국밥집에서 소녀가 할 일은 끝이 없어 보였다. 소녀의 말투는 조금 어눌했는데, 단골손님들이 실없이 걸어오는 농에는 그 느린 어법으로도 당차게 화를 냈다. 그러면서도 소녀는 나와 눈이 마주치면 얼굴을 풀고 씽긋 웃어주었는데 아마도 나의 몸짓에서 긴장감이 여실히 묻어났기 때문일 것이다. 나는 소녀의 꿈에 대해 생각하다가 그만두기로 했다. 그 눈빛 앞에서는 모두 주제넘은 것이었다. 소녀는 아름다웠다. 소녀에게 무언가 선물하고 싶어져 가방을 뒤져 보았지만 별게 없었다. 밤에 켜두려고 가져온 향초 두 개와 오렌지 한 알을 꺼내두었다.

밤 여덟시가 조금 넘었는데 손님들은 모두 돌아갔다. 나의 밤은 아직 한참 남았고 국밥도 소주도 많이 남았는데. 소녀에게 물었다.

"손님이 이제 더 없으면 문을 닫나요?"

"왜에요?"

"나밖에 없으니까. 내가 가면 이곳도 문을 닫고 일찍 들어가는 건가 해서요."

"으음. 그으럴 때도 있고, 아, 안 그럴 때도 있어요. 걱, 걱정 마시고 편언히 있으셔도 돼요. 맛있게 드세요."

은진. (누군가 소녀를 그렇게 불렀다.) 소녀가 웃으면서 그렇게 얘기했다. 찬바람 들어올까 문을 닫아주면서.

시장의 점포들이 하나둘 문을 닫고, 드라마처럼 밤의 뒷골목에서 한바탕 싸움이 붙고 하는 사이 나는 은진과 여러 번 웃음을 나누었다. 이유도 없는 웃음이었지만 웃지 않을 이유도 없었다. 눈으로 하던 것이 소리가 되기 시작했다. 내가 흐흐 웃으면 소녀는 헤헤 웃었다. 한가해진 틈을 타 은진이 내 테이블 앞에 앉았다.

"뭐 써요?"

으응, 너에 대해 쓴다. 너의 웃음이 너무 좋아서 그거 쓴다. 그렇게 말하기가 부끄러워서 꺼내둔 향초와 오렌지를 내밀었다. 선물! 했더니 은진이 또 맑게 웃었다.

행복하게 취해가고 있는 사이, 아주머니 두 분이 들어오셨다. 그들은 족발 대자를 시켜두고 식당 이모들 눈치를 살피며 은진을 슬쩍 불렀다. 밥은 먹었나. 자, 얼른 이거 좀 먹어라. 잘 먹어야 일도 한다. 정작 당신들은 드시지도 않고 은진에게 자꾸 접시를 밀어주시며 말씀하셨다. 진아, 마이 힘들제. 그래도 이거 묵고 또 힘내서 열심히 일해야 된데이. 나도 니만할 때 이 시장에 처음 와가꼬 돈도 얼마 못 받고 새빠지게 일했다. 힘들고 억울하고 서러워가 몇 번이고 뛰쳐나갈라 했는데 꾹 안 참았나. 밸꼴 다 당했지, 그때 나도. 그래도 봐라, 진아. 그렇게 참고 열심히 일하니까 이 이모 이제 요 시장에서 젤로 큰 이불 가게 안 하나. 열심히 하믄 세상이 알아줄 날이 온다. 이모 말 믿어라. 니도 열심히 하면 나중에 다 잘될 끼다. 식당 이모들 말씀도 잘 듣고, 섭섭한 거 있어도 좀 참고. 알았제. 빨리 무라, 식기 전에. 남은 거는 싸가서 할아버지랑 또 묵고…….

은진은 담담한 표정인데 그 이야기에 내 얼굴이 시큰거렸다. 내가 나눌 수 있는 게 고작 웃음뿐이었다면 이모님들은 소녀의 웃음 뒤의 눈물을 따뜻하게 닦아주고 계셨던 것이다. 그 마음에 벌겋게 취했다. 뜬금없었을 것이다. 나는 그 테이블로 가서 "저, 안녕하세요, 이모님. 제가 한잔 따라드려도 될까요?" 하고 술잔을 내밀었다. 이모님들 참 고맙습니다, 하는 말은 하지 않았다. 대신, 내주신 자리에 앉아서 이모님이 싸주는 고기쌈도 받아먹고, 궁금해하시는 '여자 혼자서 하는 여행' 이야기도 들려드리고, 시장 이야기, 인생 이야기도 들으면서 나도 그 시간 '은진이 언니'가 되었다.

식당 마칠 시간이 다 되어 이모님들이 돌아가시고 나도 가게를 나가려는데 은진이 저 골목 끝에서 기다리세요, 했다. 나는 이유도 묻지 않고 곧장 그 손끝이 가리키던 곳으로 갔다. 그러고 싶었다. 한참만에 나온 은진은 춥지요, 하면서 또 웃었다. 우리는 길을 걸으며 이런저런 이야기를 나누었다. 은진의 이름은 '은지'였고, 시장 사람들이 그냥 그렇게 부르는데 자신은 은지든 은진이든 뭐래도 상관없다고 했다. 학교를 다니지 않고 시장에서 일한 지 꽤 되었고, 일요일은 쉬는 날이라고 했다. 할아버지와 둘이 사는데 할아버지는 조금 편찮으시다고. 며칠 뒤 일요일에 통영 구경하고 싶으면 자기에게 연락하라고도 했다. 그 밖의 이야기들은 기억이 나질 않는다. 우린 오랜 친구처럼 편하게 이야기를 나누었고, 헤어질 때 차가워진 손을 꼭 잡고 금세 또 만날 사람처럼 인사를 했다.

며칠 더 머무르는 동안 은지를 다시 만나지 못했다. 시골의 새소리를 듣고 바닷바람에 놓이는 동안 그 밤을 자주 떠올렸지만 만나지 못하고 서울로 돌아왔다. 그뒤로 우리는 몇 번 문자를 주고받았고, 어느 날은 은지가 '연민'이라는 제목의 짧은 글을 내게 보내주기도 했다. 전화기 너머로 만나는 은지가 낯설어 대신 편지를 썼지만 부치지 못했다. 시간이 또 흘렀고 '연민'이라는 글을 옮겨 적어놓은 종이도 이제는 잃어버리고 없다. 그 밤은 무엇이었을까. 우리는 어떤 연으로 만나 그 밤에 그렇게 서로 웃었을까. 나는 소녀가 그날의 나를 웃게 하기 위해 국밥집에서 기다리고 있던 천사는 아니었을까 하는 생각도 한다. 아직도 은지의 전화번호를 갖고 있지만 아마 전화는 하지 않을 것이다. 은지와 나 사이에 놓인 오백 킬로미터의 거리를 전화기로 단축시키고 싶은 마음이 없으니까. 그리고 우리가 눈빛으로 나누던 웃음은 수화기 너머로 전해지지 않을 테니까. 하지만 언젠가 다시 통영에 가게 된다면 말이다, 짐 속에 그리움만 잔뜩 챙겼다면 말이다, 그건 은지를 찾아가는 길일 것이다. 바다 옆 시장통, 큰 가마솥에 김이 모락모락 오르고 있을 평화순댓집의 문을 열고 들어가면, 환하게 웃어줄 소녀가 거기 있을까? 은지는 나를 기억할까? 우리는 그날처럼 그저 웃고 또 웃을까.

시인처럼 식당에 앉아보겠다던 마음은 이렇게 애틋한 기억을 내게 주었다. 여행에서는 늘 특별한 계획이 없지만 나는 때로 시인이 되어보기 위하여 길을 나서기도 한다. 어느 길에서는 또다른 은지를 만나기도 했지만, 누구도 만나지 못한 적이 더 많았다. 그렇다고 해도 그것은 서운한 일이 아니었다. 길 위의 밥상과 술잔 앞에 홀로 놓인 시간, 나는 어느 바다 앞 식당에서의 시인의 설움을 생각했고, 시간이 지날수록 그것은 나의 설움을 바라보는 일이 되었으니까. 그리고 그 뜨거운 설움 뒤에는 항상 뭉근하고 얼큰한 감정들이 뒷맛으로 따라왔는데, 그것은 국밥 한 그릇처럼 거창할 것 없지만 소박하고 뜨뜻하여 내내 아껴먹고 싶은 인생의 맛이었다.

식당 문을 열고 들어가 가만히 혼자 앉으면 무엇이든 만나게 되어 있다.

나를 잊지 말아요

한때 집에 빈병이 넘쳐나던 시절이 있었다. 이유는 참으로 단순하다. 쓰고 남은 빈병들을 버리지 않았기 때문이다. 버리지 않은 것은 물론이고, 밖에서 만나는 버려진 것들까지 주워왔기 때문이다. 각각의 모습으로 투명하게 빛나는 병들을 보면 도무지 그 어여쁜 것들을 쓰레기통에 넣을 수가 없다. 어떤 친구는 나를 '쓰레기 처리반'이라고 했고, 또 누군가는 '고물상'이라고도 했다. 누가 뭐라든 나는 쓰레기가 아닌 그 병들을 깨끗이 닦고 라벨을 떼어내고 뽀송뽀송하게 말려서 입구가 좁고 길쭉한 병에는 꽃을 꽂고, 작은 사이즈의 주스병에는 시장에서 사온 새우젓을 담아두고, 투명한 술병에는 빛깔이 곱게 물든 오미자주를 부어놓았다. 파랗고 긴 병, 고목같이 투박하게 생긴 병, 특이한 마개가 달린 병은 그냥 바닥에 세워만 두어도 멋있었다. 내 눈에는 그리 보였다.

고백하자면, 내가 버리지 않거나 주워오는 것은 병뿐만이 아니다.

깡통 역시 버리지 않는다. 물건이 포장되어 있던 빳빳하거나 부드럽거나 때가 묻지 않은 종이를 버리지 않는다. 버려진 바구니나 화분을 주워온다. 자투리 나뭇조각이나 판때기를 주워온다. 쓸 만한 의자를 발견한 날은 굉장히 즐거운 날이다. 이렇게 적어놓고 보니 누군가 말했던 '고물상'이 영 틀린 말은 아닌 듯하지만, 나의 폐품 수집에도 어느 정도의 기준이 있어서 모이고 쓰이는 것들이 균형을 잘 이루고 있다(고 생각한다).

내가 주워온 것 중에 가장 특별했던 것은 오래된 금테액자와 자전거 타이어이다. 조금 낡긴 했지만 액자는 튼튼하고 멋스러웠는데 마침 그즈음 기획한 공연이 '사라지는 것들'에 대한 이야기였다. 폐기물스티커가 부착되어 있는 그 액자에, 축음기를 그려놓고 손으로 글씨를 써서 만든 포스터를 붙여놓으니 긴말 없이도 많은 이야기가 전해졌다. 사라지지 않아도 좋을 것들이 이렇게 사라지고 있다는 이야기. 공연이 끝난 후에 액자 포스터를 가지러 갔더니 그것이 사라지고 없었다. 좋은 쪽으로 생각하자면 떼어둔 액자를 누군가 또 한 번 사용할 목적으로 가지고 간 것일 테고, 슬픈 쪽으로 생각하자면 그냥 다시 버려진 것일 테다. 모든 것이 같은 의미로 다가가지 않는다는 것, 그리고 나의 의미를 강요해서도 안 된다는 것을 배우는 순간이었다. 어찌되었건 나름대로 의미 있게 이용되었다는 점에서 금테액자가 특별했다면, 자전거 타이어는 아무것에도, 아무렇게도 사용되지 않았다는 것이 특별하다. 그날 늦은 밤에 집 앞 쓰레기장에서 그것을 발견했는데, 당연히 지나쳐야 했으나 그러지 못하고 무심코 주워왔다. 지금도 그때 무슨 생각이었는지 알 수가 없다. 아무리 봐도 어디에 어떻게 써야 할지를 모르겠다는 사실이 애처로워서 그랬던 것이었을까. 아무튼 나는 그것을 기어이 들고 와 옥상 마당에 던져두고 며칠을 바라보았다. 더이상 굴러가지 않는 바퀴는 기능을 잃고 가만히 누워 있었다.

어느 날, 조금 힘든 하루였던가, 누군가와 다투었던가, 무력했던가. 마당에 한숨과 함께 앉았는데, 자전거 타이어가 말을 걸어왔다. 까만 동그라미는 긍정을 이야기하는 듯했다. 버려졌지만, 몫을 다했으니 나는 괜찮아, 오케이. 어떤 땅이든 피하지 않고 달렸을 둥그런 결에서 무엇보다도 강인하고 아름다운 힘을 보았다. 너도 괜찮을 거다, 동그라미 타이어는 한참 동안 그렇게 올곧게 놓여 나에게 오케이 사인을 보내주고 있었다. 바닥에 단단한 원을 그리고 앉아 내가 고꾸라질 때마다 다시 또 달려가라, 등을 밀어주었다. 우습게도, 그러면 나는 다시 씨익 웃으며 일어서게 되는 것이었다. 이사 갈 때 그것을 버리고 왔지만 까만 동그라미는 마음에 잘 담아왔다. 그것만으로도 폐타이어는 또 멋진 일을 해낸 것 아닌가. 그러니 무엇보다 특별하다 말해도 무리 없을 것이다.

남들에게 쓰레기인 것이 내게는 쓰레기가 아닌 이유는, 나에게 '쓸모'란 '용도'가 아니라 '이야기'이기 때문이다. 가치라는 것을 실용성의 측면에서만 본다면 나는 아무 쓸모 없는 나를 가장 먼저 던져버리고 싶을지도 모른다. 하지만 내가 아직 나를 버리지 않은 것은 내게도 이야기가 있기 때문이다. 내가 주워왔거나 버리지 않은 많은 것들도 언제나 각각의 이야기를 안고 있었다. 그리고 많은 이야기를 새로 담을 수 있었다. 그것들은 버려진 채, 욕심 없이 비어 있는 것들이기 때문이다. 하니, 그렇게 쉽게 헤어지는 것보다는 조금 더 함께 있어도 좋겠다는 생각이 드는 것이다. 함께 있으면서 그 이야기들을 들여다보고 싶은 것이다. 다시 생명력을 가지고 새롭게 태어나는 그것들의 쓸모가 내겐 무엇보다도 근사하고 멋이 있다.

며칠 전에 길을 가다가 하얀 꽃병 하나가 버려져 있는 것을 보고 당연히 주워왔다. 이것 봐요, 정말 예쁜 꽃병이지요? 옆에 있던 사람에게 자랑도 심하게 했다. 비눗물 칠해 싹싹 닦으니 병은 어디 깨진 곳, 금간 곳 하나 없이 뽀얗게 예뻤다. 하얀 내 책상과도 잘 어울렸다. 지난봄에 선물 받았던 알록달록한 종이꽃 카드를 거기에 꽂았다. 문을 열면 바람이 불어와 종이꽃을 흔들고 갔다. 그러면 나는 그 흔들리는 것을 바라보면서, 꽃을 담고 있는 하얀 꽃병을 매만지면서, 그것들이 무슨 이야기를 내게 해주려는지 가만히 귀를 기울인다. 버려진 것에서 새로운 이야기가 꽃가지 새순처럼 돋아나려는 참이다. 들여다보면 도처에 이야기가 도사리고 있다. 그래서 쓰레기 더미를 지날 때 내 눈과 귀는 활짝, 정신이 없다.

별이나 보자

너를 사랑한다고 말하지 못한 밤이 있다. 목구멍까지 차오른 그 말을 삼키느라 얼굴 시뻘게지도록 꿀꺽거렸다. 말하지 못하고 돌아오는 길 내내 마음이 터질 것 같았는데 달리 생각하면 터지지 않고 하루를 더 살 수 있게 된 셈인가, 기뻐해야 할 밤인가. 웃지도 울지도 못하는 밤.

백 가지를 펼쳐두고 마음 쏟았으나 한 가지도 마음 얻지 못한 밤이 있다. 아무것도 아니었다고밖에 말할 수 없는 날. 달력에서 삭제해야 할 날. 철저히 외면당한 것이 서럽다기보다 처연하다. 그런 나를 내가 쓰다듬어주고 싶은 밤.

부끄러운 밤이 있다. 어쩌자고 그리 부끄러운 짓을 저질렀는지 돌이켜볼 새 없이 그저 숨어버리고만 싶은데 도망칠 곳, 숨어들 곳이 없다. 두 손으로 얼굴이나 가리는 밤, 이불을 뒤집어써봐야 잠도 못 자는 밤.

가슴 벅찬 밤이 있다. 사랑이 떨림을 안고 다가온 밤이라거나, 멀리 떠나기 전날 밤이라거나, 석양에 홀로 놓인 밤 같은 밤. 누구에게든 말하고 싶지만 말은 너무 가볍고 메말라 그냥 함구하는 편이 나은 밤.

어색한 사람과 함께 길을 가는 밤이 있다. 침묵을 견딜 수 없으나 침묵을 깰 말 한마디 찾지 못하는, 그 길은 어쩌자고 또 이렇게 길고 먼가. 차라리 혼자 뛰어가고 싶은 밤.

어여쁜 사람과 함께 앉았는 밤이 있다. 바람이 알싸하고 공기는 온화하고, 봄이 아니어도 그럴 때는 꼭 아카시아 향이 난다. 침묵이 완벽하여 깨고 싶지 않은 밤, 가만히 손이라도 잡은 밤, 아름답다 말하고 싶은 밤.

그리운 밤이 있다. 그리운 것은 항상 너무 멀리 혹은 너무 가까이 있어서, 불러도 듣지 못하거나 소리내어 부르지를 못한다. 목이 메는 것은 모두 그리움의 일이다. 그리움인 줄을 알아도 어쩌지 못하고 눈만 껌뻑이는 밤. 그러다 눈물 한 방울 툭 떨어지는 밤.

외로운 밤이 있다. '아니 이건 그리움이야, 아니 이건 고독이지, 고독은 나의 친구인걸' 하고 아닌 체해보아야 어쩔 수 없이 사무치는 건, 외로움이다. 외로움에는 눈물이 없다. 메마른 가슴이 괴롭게 사람을 들쑤시는 밤.

하늘에 저렇게 달이 있는데 당신이 없는 밤이 있다.
내 곁에 당신이 이렇게 있고 달은 없는 밤이 있다.

이런 밤에 하는 말,

"별이나 보자."

찾고 찾고 찾고 찾고 찾고 또 찾아보아도 내가 찾는 게 무언지도 모르겠는 밤이 있다.

그게 인생일 테지.

그것만은 어찌해도 알겠는 밤에는, 우리, 별이나 보자.

외투를 입고 자는 밤

나는 이렇게 깊고 막막하다,

밤이 말한다.

이미 알고 있으니 젠체할 필요는 없어,

내가 답한다.

무엇을 어떻게 해도 밤이 끝날 줄을 모르는 날이면 깨끗하게 항복을 하고 다시 밤을 시작한다. 아직 외투를 벗지 않았다. 불은 켜지 않고 대신 초를 몇 개 켠다. 밤에 대한 작은 예우. 책 한 장도 읽을 수 없는 이런 순간에는 릴케를 떠올리는 것이 큰 힘이 된다. 그러고는 그저 그가 말한 '고독'에 대해서 생각하는 것이다.

'고독하고 조심스럽게' 혹은 '나무처럼'이라는 단어를 떠올리다보면 홀로 놓인 깊숙한 시간이 영 힘들지만은 않다.

누군가의 밤도 이렇게 새파랬을 것이다.

그리고 결국에 내가 기다리고 있다는 것을 알게 된다.

사람을, 사연을, 사고를…….

기다림은 오래되었지만 기다리는 쪽이어서 애달프기도 하다. 올 텐가 안 올 텐가, 내게 보내줄 텐가 안 보내줄 텐가. 답이 없는 질문을 나는 또 밤에게 한다.

때로는 외투를 입고 자는 밤이 있다. 만나려는 심사가 지독해서다. 만나기에는 너무 늦었고 너무 깊었고 또한 무엇을 만나야 할지도 모르면서 언제까지고 기다리겠다는 딱한 마음을 말릴 재간이 없는 밤. 이런 날은 이불도 필요 없지마는 소월의 시집을 펼쳐서 읽지는 않고 가슴 언저리에 덮어둔다.

한편으로는 따뜻하다.

나의 시가 될 때까지

아이야,

이제 아저씨의 시는 그만 읽고

나가 놀아라

시집은 울고 싶을 때만 펼치고

펼쳐서도 읽지 말고 눈물 닦는 데나 쓰고

밖에 나가

흙집을 짓고 놀아라 시집 대신

지은 흙집에

너의 두꺼비를 살게 하여라

비둘기가 온다면 쫓지 말고 초대하고

지렁이가 머리 밀면 밀실을 내주어라

그치들이 어느 날 노래할 테지

그것들이 너에게 시를 줄 테지

시는 너무 안전하다

불안한 네 흙집은
큰 파도 하나에도 무너져버리겠지만
자국도 없이 다시 고운 그 터에
수국이 피어날지 누가 아는가
지나던 사람
그리운 이름 하나 새겨두고 갈지
누가 아는가
그것이 시라는 걸 누가 모르는가

그러니 아이야
이제 그만
나가 놀아라,
너의 흙집이나 지으며
놀아라

달콤함은 영원하라

아껴둔 초콜릿을 먹었다. 포장지가 멋스럽길래 여행에서 사 와서는 친구에게 선물하려고 냉장고에 잘 모셔두었지만, 결국에 내가 먹는다. 초콜릿은 도저히 두고 볼 것이 못 된다. 달콤한 것들은 모두 악마의 기질을 품고 있다.

나는 초콜릿을 먹을 때마다 이렇게 말한다. 아니 어떻게 이렇게 달콤할 수가 있지? 대체 누가 이런 걸 만들었단 말인가, 어떻게 만들었단 말인가! 매번 똑같은, 조금은 한심한 감탄을 늘어놓으면서 먹는다. 초콜릿의 여린 은박 종이를 한번 벗기고 나면 나는 그것을 한번에 다 먹는다. 멈출 수가 없다. 한 조각을 먹으면 그것이 입안에서 채 녹기도 전에 혀는 다음 조각을 탐한다. 아, 짜릿함이여! 한 조각만 더, 한 조각만 더, 하다보면 다 먹고 없다. 곁에 커피라도 있으면 둘이 하는 모습이 아주 가관이다. 초콜릿 한 조각 먹고 아 달아, 하며 커피 한 모금 마시고, 커피 향이 입에 퍼지면 아 써, 하며 다시 초콜릿 한 조각 먹고, 아 달아, 커피 한 모금, 아 써, 초콜릿 한 조각, 아 달아, 아 써, 아 맛있어, 아 달콤해. 탁구공이 똑딱똑딱 오가듯이 주거니 받거니 잘도 노는 것이다.

초콜릿도 초콜릿이지만 가만 생각해보면 대부분의 주전부리(과자, 빵, 떡, 아이스크림 등)라고 해서 별다를 바가 없다. 한번에 다 먹어치우는 것 말이다. 아니 그 달콤하거나 고소하거나 쫀득하거나 바삭한 것들을 어떻게 멈출 수가 있지? 우리 언니는 항상 그것을 잘 멈추었다. 과자 한 봉지를 뜯으면 몇 개 먹고는 잘 봉해서 넣어두고 또 며칠 뒤에 생각나면 남은 것을 꺼내 먹고 그랬다. 어떻게 그럴 수가 있지? 나는 도저히 그걸 이해할 수 없었지만, 언니 역시 나를 이해할 수 없기는 마찬가지였던 것 같다. 배가 그렇게 부른데 어떻게 그걸 다 먹을 수가 있느냐. 함께 배불리 밥을 먹고 돌아와서 비스킷 한 봉지에 아이스크림까지 먹는 나를 보고 언니가 한 말이다. 그러면 나는 이렇게 대답한다. 그 배랑 이 배는 완전히 달라.

이런 양상이어서, 어릴 적에는 과자 때문에 언니랑 참 많이도 싸웠다. 하나를 사서 나눠 먹으면 입이 짧고 배도 분리가 안 된 언니는 몇 개 먹다가 손을 놓았고, 그러면 남은 것은 모두 내 차지였다. 불공평함을 느낀 언니는 다음부터는 각자의 과자를 따로 사서 먹자고 했고, 형제끼리 조금 치사해 보였지만 그래도 나는 동의했다. 그럼에도 별로 달라지는 건 없었다. 나는 그 자리에서 과자를 다 먹는다. 언니는 반쯤 먹고는 남긴다. 냉장고나 찬장 같은 곳에 남은 것을 넣어둔다. 다음날 나는 냉장고나 찬장을 열다가 그것을 발견한다. (그것을 찾아 헤맨 것이 절대 아니다. 단지 물이나 물 마실 컵이 필요했을 뿐이다.) 그 맛있는 것! 언니는 낮잠을 자고 있나? 학원에 갔나? 나는 무엇에 홀린 듯이 그것을 가져와 먹는다. 며칠 뒤 부엌에서 언니의 절규가 들려온다. 내 과자 어디 갔어? 야아아아아!

이런 일이 여러 번 있고 나서 언니는 그런 노출된 장소가 아닌 깊숙한 곳에 자신의 남은 식량을 숨겼다. 그러나 달콤한 것들은 내 편이었는지 자꾸 내 눈에 띄고 말았다. 지금 생각해보면 어릴 적의 귀여운 기억이지만, 어디까지나 가해자인 나의 추억이리라. 자기 몫의 달콤함을 늘 속수무책으로 빼앗기고 말았던 피해자, 나의 언니에게 이제야 진심으로 사과한다.

이런 내가 초콜릿을 남겼다. 한 조각만 더, 한 조각만 더, 하던 손을 멈추었다. 여름에 실온으로 나온 초콜릿이 알맞게 녹아 가장 부드럽고 촉촉한 상태가 되어 있었는데도 그랬다. 뜯어먹던 손가락에 묻은 미끈한 갈색의 초콜릿을 빨아먹으며 갑자기 조금 씁쓸해졌다. 초콜릿에서 손을 놓게 된 이유가 이런 것이었기 때문이다. 이따 곧 밥 먹을 건데. 밥을 먹어야지 이걸 먹어 쓰나. 이거 다 먹다가 이 썩겠다, 이 썩으면 또 치과, 안 돼. 내 배, 볼록한 내 배……. 인생에 한 번도 나의 달콤함을 가로막은 적 없던 하찮은 이유들, 그것들이 내게로 온 것이다. 절제란 없는 인생을 살아온 인간으로서 이것은 어쩌면 기뻐해야 할지도 모를 일이었지만 전혀 기쁘지가 않았다.

나는 이제 초콜릿을 여러 번에 나누어 먹을 수 있는, 조금 지루한 어른이 된 것일까. 달콤함에, 부드러움에, 짜릿함에 내 온 자극을 내어주지 않는 깐깐한 사람이 되어가고 있는 걸까. 남은 초콜릿 조각을 바라보며 나는 욕망과 중용, 버려야 할 것과 절대 포기하지 말아야 할 것에 대해 생각한다. 초콜릿 하나 먹다 남긴 것 가지고 너무 과한 생각이다. 하지만 인생이 이 작은 달콤함과 이 작은 씁쓸함 사이를 오가는 일이라면 고민을 멈추지 말아야 한다. 이 작은 하나하나가 '나'라는 사람을 만들어가고 있으니까. 나는 지금의 달콤함을 탐하는 사람, 좋아하는 것 쪽에 머무르는 사람, 조금은 철이 없는 사람으로 늘 살았으면 좋겠다.

아무래도 다음부터는 초콜릿을 살 때 조금 작은 사이즈를 선택해야겠다. 그러고는 아주 쓴 커피를 한 잔 타 와서 그 둘이 펼치는 맛있는 탁구 경기를 열렬히 응원하겠다. 씁쓸한 생각 없이 단번에 마구 달콤한 즐거움을 다시 만끽하련다. 나의 달콤함은 철이 없이 영원하기를!

자격미달

하루종일 끼니를 걸렀다
사랑도 없는데 뭔 밥
사랑을 만나지 못하여 아픈 중이다

언젠가 한 시인의 글에서 '공복의 맑은 정신'이라는 구절을 만났다
포스트잇에 적어 책상머리에 붙여두고도
한 번을 그러지 못하고
늘 돼지처럼 배불렀다
그 사람을 보고 싶다
사랑의 허기가 식욕을 잠재우는 밤
사랑도 없는데 밥은 무슨 밥
이 밤은 허기져서 불면일 것이다

오후에 슈퍼에 갔다가

냉장고에 든 박카스가 눈에 들어 한 병 사 마셨다

참 나,

한 것도 없으면서 박카스는 웬 박카스,

여름 한복판에 땀 한 방울 흘릴 일 없이

고작 책상 앞에나 앉아 있으면서

뭐 대단한 일을 하는 것도 아니면서

몰두도 노동도 없으면서

박카스는 웬 박카스,

하며, 들이켜는 입이

머쓱했었다

밥도 박카스도

나는

자격 없다

재구 선생님께

선생님, 여행 잘 다녀오셨습니까. 한겨울이 아닌 곳에 머물다 오셨으니 이곳의 바람이 지독하게 느껴지는 날들은 아닌지 모르겠어요. 온기를 가진 것들을 찾게 되고, 또 그것이 고마운 줄을 새삼 알게 되는, 겨울입니다.

저는 떠날 일 없는 하루하루가 속상하여 오늘 가까운 교외로 나왔습니다. 그래 봐야 버스로 한 시간 달려온 것이지만 그것만으로도 마음 가에 다른 바람이 부네요. 버스 창밖의 풍경이 마른 황토색으로 황량해도 그것은 슬픈 기운이 아닙니다. 떠나는 걸음은 언제나 쓸쓸한 적이 없기 때문이겠지요? 역시 길 나서길 잘했습니다. 핫팩 대신에 품고 온 선생님 새 책도 아주 뜨끈하고요.

지난번 선생님과 여러 독자들과 함께 여자도汝自島에 다녀온 후로 그날 생각을 많이 했어요. 말로 설명할 수 없는 느낌을 그래도 말하고 싶어서 친구들에게 중얼중얼 호들갑을 떨기도 했고, 어떤 날은 길을 가다가 혼자 배시시 웃기도 하였어요. 뭐가 그렇게 좋았느냐 하면요, 꼭두새벽에 일어나 서로 모르는 다 큰 어른들끼리 소풍 떠나는 기분도 좋았고, 버스 안에서 김밥 까먹는 것도 좋았고, 그곳에 도착해서 선생님 느릿한 말투의 안내방송을 듣는 것도 좋았고, 참새와 갈대가 좋았고, 선생님이 손수 차려주신 것과 다를 바 없는 맛있는 밥상도 기가 막혔지요. 배 타고 들어간 섬마을, 바다에 둘러싸인 작은 학교는 참 낭만적이었고 함께 나란히 걸은 여자도 골목은 고즈넉하고도 정겨웠어요. 길 가다 모두 머리 맞대고 대나무 이파리로 나룻배 만들었던 건 또 어떻고요. 저녁의 찻집에서 마시는 차 한잔이 진했고, 그 풍경에 노래 한 자락 더할 수 있어 행복했습니다. 보세요, 선생님. 제 말로는 어떻게 해도 부족하지요? 이렇게 건조한 표현이라니요. 제가 좋았던 건 이런 것만은 아니었는데요.

그날의 따뜻함에 대해 생각합니다. 가여운 도시생활을 하고 있는 사람이지만 그래도 이곳저곳 흘러다닌 덕에 나무로 불을 때는 난로나 화로 앞에 앉아본 적 여러 번 있어요. 그때마다 매번 난로에 사로잡히고 말았는데요. 난롯불은 모든 공기를 어느새 은근하게 데워주는 것은 물론이고, 가까이 앉으면 정신이 아찔하도록 뜨거웠지요. 그 은근함이나 뜨거움이 태양과 비슷하다고도 생각했습니다. 무엇보다 헤어나올 수 없던 것은 그 앞에 앉아 불을 꺼뜨리지 않고 계속 나무를 넣고 태우는 일이었어요. 나무가 서로서로의 몸에 불을 옮겨붙이고 서로 엉겨 뜨겁게 타오르다가 불씨가 되고 재로 남는 것을 바라보는 일은 많은 생각을 하게 했고, 또 아무 생각도 하지 못하게 했습니다. 모든 생각이 들 때는 헌신, 사랑, 허무, 삶 같은 뻔하지만 커다란 글자들이 떠올랐고, 무념일 때에는 그저 나 스스로 뜨거움이 되는 것만 같았습니다. 난로 이야기를 이렇게 길게 한 이유는 그날의 선생님이 난로 같았기 때문이에요. 그날 우리는 난로 없이도 난로 앞에서 잘 놀았기 때문입니다. 하루종일 그 곁에서 얼마나 따뜻하고 뜨거웠는지요. 작은 것 하나하나에 선생님은 마음씨로 불을 지피셨고, 그 불씨는 제게도 와 붙었습니다. 손짓이나 눈빛만 보아도 많은 것을 알 수가 있잖아요. 선생님의 모습이 고스란히 글이 되었구나, 선생님 글을 읽으며 제가 그렇게 행복했던 이유를 그제서야 알았어요. 뒤에 오는 한 사람 한 사람을 기다리며 걷던 선생님의 다정한 걸음이 지금도 눈에 선명합니다.

하나부터 열까지 따뜻했던 기억 말고도, 아주 차가웠던 바람결도 생각납니다. 배 위의 바닷바람은 어찌나 매섭던지요. 그 바람에 몇몇은 갑판 위 뜨뜻한 온돌방으로 들어가고, 배 위에 남은 우리도 말을 잃었습니다. 저도 입은 옷을 머리끝까지 뒤집어쓰고 눈을 감아버렸는데, 다시 고개를 들었을 때 선생님께서는 배 끝에 앉아 꼬깃한 종이에 무얼 적고 계셨어요. 저는 보지 않아도 그게 새로운 시라는 걸 알았습니다. 지금 태어나고 있는 시. 책 속에서 선생님은 말씀하셨지요. 하루 86,400초를 모두 시 쓰는 데 바쳤다고, 시와 함께 밥 먹고 물 마시고 걷고 잠들고 싶었다고. 그 이야기는 옛날 이야기가 아니었어요, 그렇죠? 선생님은 그날도 시와 함께 걸었고 시와 함께 그 바람을 맞고 계셨던 거지요? 저는 그때 시인의 순정한 몸짓을 보고 마냥 아름답다 느끼고 있을 수만은 없었습니다. 스스로가 많이 부끄러웠기 때문입니다. 아름다운 노래를 들려주고 싶다는 마음은 가득했지만 그것을 찾아나서는 저의 걸음은 늘 제자리에 머물러 있었기 때문이에요. 만나러 가지는 않고 만날 일을 기대하고만 있던 시간들. 선생님의 장면을 보지 않았더라면 '그 바람 참 차갑네' 하고 말았겠지만 보았기 때문에 그 바람이 아팠던 것도 같아요. 앞으로 나는 바람을 어떻게 만날 것인가, 생각하며 돌아오는 길이었습니다.

반가운 안부인사 건넨다는 것이, 행복했던 그날을 추억한다는 것이 어째 어리숙한 반성문이 되어버렸는지 모르겠어요. 그래도 선생님은, 괜찮아요, 잘했어요, 하실 것 같지만…….

긴 겨울에 봄을 그리는 것은 당연한 일이겠지만 저는 지금 좀더 행복하게 봄을 꿈꾸고 있어요. 봄이 오면 다시 선생님을 뵈러 와온 바닷가로 달려갈 마음이기 때문입니다. 그날 보지 못했던 석양도 보고 띄우지 못했던 나뭇잎 배도 다시 띄워야지요. 나뭇잎 배 만드는 것은 선생님이 다시 일러주셔야 할 것 같아요, 젊은 사람이 그새 그걸 잊었습니다. 시험 삼아 연습해볼 이파리도 이 도시에는 없네요. 선생님은 여행에서 또 얼마나 많은 시를 데려오셨을까, 그것도 궁금합니다. 그 이야기도 들려주실 거지요?

곁을 사는 것, 삶을 지피는 것. 그것이 시인의 마음인 것을 보여주신 선생님. 저도 선생님께 받은 작은 불씨를 꺼뜨리는 일 없이 후후 잘 지펴가며 지낼게요. 물론 쉬운 일 아니겠지만, 난로 앞에 앉는 것만은 누구보다 자신 있습니다!

그날 여자도 길목에서 모과 세 알 만난 것, 기억하시지요? 선생님께서 그때 "양양씨는 여자도 모과 향기로 노래를 지으시고" 하셨는데 노래는 아직 만들지 못했습니다. 그래도 선생님과 헤어지고 돌아오는 버스 안에서 짧은 글을 하나 썼어요. 남들 다 못 알아먹고 우리만 알 수 있는 글이 시가 될 수 있는가, 부끄럽기도 하지만 이렇게 써보는 것으로 시작해도 괜찮겠지요?

선생님, 그럼 곧 뵈어요. 세상에서 가장 아름다운 인사, 또 나누러 가겠습니다.

여자도 모과 향기

여자도 마파 마을 초록 새집 둥지 튼
귀한 나무가 대문인 집

초대도 없었는데 재구 선생님은 우리보고
괜찮아요 들어가요
들어가요 하신다

기척에 나오신 주인 어르신
참으로 반갑다지만 눈빛 흔들리시는데
두서넛이어야 차를 대접하지
스물댓 명이 한번에 들이쳤으니
이를 어째

뒤꼍에서 모과 세 알 들고 나오신 어르신은
이거라도 갖고 가
이거라도 갖고 가 방에 두라 하신다

모과 망태기 받아든 재구 선생님
이리 와 이 향기 좀 맡아봐요 자 여기
또 여기도
여자도 착한 바람
여자도 따순 볕 쬐고 자란
실한 모과의 몸짓을
보여주고 싶어서 나눠주고 싶어서
선생님 손길 어찌나 바쁘시던지

여러바,
되려 쑥스러워하시는 어르신이나
아랑곳없이 자꾸 우리 코에
모과 향 들이미시는 선생님이나
그 마음이 그 향기고 그 향기가 그 마음이다

내 이름은 떳떳할 상에 사내 남
이 섬은 너 여에 스스로 자
저어기 보이는 봉우리는

육봉인지 팔봉인지
중요한 말씀 하시는데
나는 그거 하나도 못 듣고
재구 선생님 마음 상남 어르신 마음 짙게 밴
여자도 모과 세 알 그 주머니만
보고 또 보았다

12월 우리들의 외투는 한겨울인데
김상남 어르신 댁 꽃밭만
봄이더라,
향기롭더라

대단히 쓸쓸한

이것이 겨울의 혹독함 때문이라면 좋겠지만 그러기에는 핑계가 참 가난합니다. 허리가 끊어질 정도로 오래 누워 얼은 마음을 녹여보자 했으나 간밤에는 식은땀만 흘렸습니다.

스쳐가는 단어 하나 없었습니다.

오늘도 나의 무능과 아침인사를 나눕니다.

윤동주 선생을 불러보고 서머싯 몸의 책상을 상상하다가 틀어둔 음악을 꺼버립니다. 아름다운 음악이 이렇게 서럽다니요.

매일 아침 물 한 잔을 들이켜고 사과 한 알을 깎아 먹고 담배를 피우고 그다음부터 길을 잃었습니다.

물 한 잔, 사과 한 알, 담배 한 개비만큼 규칙적으로 길을 잃습니다.

어제는 길을 잃어 도망치듯이 집을 뛰쳐나왔고 오늘은 길을 잃어 이 겨울에 죽지 않고 꽃을 피워낸 화분을 바라보고 있습니다.

뿌리야 줄기야 잎들아, 어떻게 한 거니. 화분에게 길을 물어보지만 '그냥'이라고 대답하듯이 꽃은
그냥 아름답게 피어 있습니다.
어쩌면 길 잃지 않은 적 한 번도 없었고
어떤 아침은 나도 꽃처럼 아름다웠을 겁니다.

내게 없는 문체와 내가 갖지 못한 멜로디와 길을 잃은 오늘의 아침. 그리하여 나의 무능과 인사 나누며 아침 댓바람부터 휘갈겨 쓴 문장을 지우지 못하는 것은,

더더욱
이것이 밤의 일이 아닌 것은

생각보다 대단히 쓸쓸한 일이었습니다.

도다리쑥국

누군가는 도다리쑥국을 끓인다. 밤의 정겹고 오붓한 술판이 끝나고 찾아온 아침, 제일 먼저 일어나 장에 가서 물 단단히 오른 싱싱한 도다리 사다가 향긋한 쑥 넣고 국을 끓인다.

쑥이 모자라겠는데……. 누군가는 쑥을 캔다. 도시가 아닌 곳에서는 지천에 널린 것이 쑥이기에 그 사람 바구니에 쑥이 금세 가득 찬다. 봄을 캔다.

누군가는 청소기를 돌린다. 우리가 각자 짐처럼 떠안고 온 세상의 먼지는 이곳과 어울리지 않으니 드르륵드르륵 싹싹 빨아들인다. 그때, 꺾어둔 벚꽃 가지의 꽃잎이 떨어져 바람에 날린다. 순간의 장면이지만 누군가는 그것을 놓치지 않는다. 이것은 예쁘니까, 하며 그이는 꽃잎을 요리조리 피해가며 청소기를 민다.

누군가는 사진을 찍는다. 꽃나무 하나하나, 풀잎 하나하나를 사랑스럽게 바라본다. 사랑받아 마땅할 것들이고, 뽐내도 좋을 계절이다. 무엇을 바라볼 때는 저런 눈빛이어야 하겠지. 사진은 그 눈빛에 어렸던 아련함이나 싱그러움을 그대로 담아 누군가의 마음에 가 닿을 것이다.

나는 끓고 있는 도다리쑥국 옆에서 마늘을 까다가, 버려진 멍게 꼭다리를 주워먹으며 "제일 맛있는 건데 이걸 왜 버려요" 딴지를 걸다가, 마당에 맨발로 나가 "선생님, 이 꽃 이름은 뭐예요?" 아이처럼 놀다가, 풀밭 위를 뒹굴다가, 다 쓸어둔 방바닥에 마른 풀 잔뜩 묻히고 들어와 칠칠치 못하게 흘리고 다니다가 차려진 밥상에 앉아 밥을 먹는다. 까불까불, 철이 없다.

낯선 여행지에서, 어제 처음 만난 사람들과의 식사라기에는 너무나 편안하고 따뜻한 밥상, 완벽한 밥상. 와아, 진짜 맛있다. 한 숟가락 뜰 때마다 두 번씩 말하며 먹은 밥상. 생전 처음 먹어보는 도다리쑥국이 말할 수 없이 향긋하고 고소하기도 했지만, 국 끓인 누군가의 몸짓, 쑥 뜯은 누군가의 손길, 밥상에 꽃잎 함께 차린 누군가의 낭만, 바라보던 누군가의 고요한 눈길이 거기에 나란히 놓였기 때문에 더 맛있었을 것이다. 우러나온 모든 것이 진국이었다.

도다리쑥국을 마지막 한 술까지 꼭꼭 떠먹고 있는데 누군가가 이런 문자 메시지를 보내온다.

한때 인생은 쓸쓸함에 복무하는 법이라 생각했었네.

그래서 내 모든 여행이 최고의 쓸쓸함에 휩싸이길 바랐었다네.

그렇다 하더라도 어떤 하루는 쓸쓸함과 상관없는
따스한 일만 있었으면 좋겠다, 라고
길 위에서 꿈꾼 날도 있었네.
도다리쑥국이 양이에게 그런 시간이 되기를…….

어째서 이이는 이렇게도 나와 같은 생각을 하며 살았던가, 어떻게 이렇게 내 속을 잘 아는가. 어떻게 이렇게 잘 알아서 이런 봄길 같은 문자를 건네는가. 나는 쑥국을 삼키다 말고 가슴을 쓸어내린다. 그리고 다시 말한다, 아아, 진짜 맛있다아.

누군가는 설거지를 하고, 떠나는 사람들을 배웅한다. 이런 밥상을 나누었으니 헤어지기 섭섭해도 모두가 웃으며 헤어질 줄을 안다. 혼자 남은 사람은 말없이 긴 시간에 놓인다. 다시 혼자이지만, 적막하지만, 그것은 쓸쓸함이 아니다. 작은 것 하나하나가 이렇게 잊지 못할 장면이 되어 마음에 박힌 것들은 은근히 오래도록 사람을 몰캉거리게 하는 법이다. 온통 그 아침의 따뜻함이 가득차, 다시 떠나는 걸음에 아쉬움이 뚝뚝 떨어지더라도 이런 밤은 슬프지가 않다. 누군가는 이제 어떤 밤에는 도다리쑥국을 생각하기로 한다. 대부분의 긴 밤이 적요 속에 있고 그것을 당연한 것이라 여기고 살아도, 어떤 밤은 따스함만 넘쳐도 좋을 것이다. 도다리쑥국. 단어 하나가 모든 기억을 불러오겠지. 언젠가 머릿속에서 쑥 향기 옅어지겠지만 향기 사라져도 그 밤은 아침처럼 투명할 것이다.

진짜 시

내겐, 무심코 넘긴 일기장 사이에 언젠가 어느 날에 꽂아둔
꽃잎이,
이렇게,
있다.
눈물난다.
이것이 내 인생의 시다.

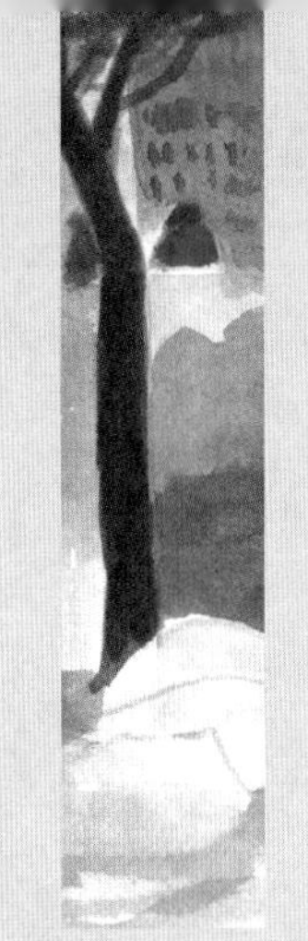

PART 05

우린 참 비슷한 사람

위로

언덕에 혼자 누워서
말갛게 하늘 보고 있는 소녀가 그려진
그림을 샀는데,

인생은 언제나
그런 모습이기 때문이었다.

그런 말이 어디 있어

K야,

날이 많이 추워졌다. 우리가 마지막으로 만난 게 한여름 때였으니까 또 한 계절 서로 무심하게 살아온 거지. 잘 있나 어쩌나 항상 궁금해하면서도 전화 한 통 못했네. 이건 이제 나의 병이다 싶어. 1초만에 목소리가 연결되는 세상에 살면서 나는 아직 '무소식이 희소식'인 세상에 있다. 어쨌든 무시무시한 겨울이 코앞인데, 어디서 뭘 하며 지내는지. 너는 겨울을 좋아하는 사람이었던가?

나는 요즘도 가끔 지난날 너와 나누었던 얘기들을 생각하곤 한다. 그때 우리, H랑 같이 대학로에서 연극 봤던 날. 그때도 참 오랜만에 만났던 거였지. 내가 여행을 다녀온 뒤 또 한참을 방황하느라 그랬지. 어떻게 지냈냐고 물었을 때 너, 잘 못 지냈어요, 라고 했던가. 그냥 집에 조용히 있었어요, 라고 했던가.

사실 나는 그날 공연이 우리 셋에게 어떤 좋은 질문을 던져주거나 각자의 생각에 하나의 꼬투리가 되어주길 바랐어. 우린 모두 무언가를 짓는 사람이었고 그건 생각보다 쉬운 일이 아니었으니까. 아니 너무 어려워서 머리를 쥐어뜯고 싶은 적 많았지. 비슷한 고충을 겪으며 지내는 사이니까 네 맘이 내 맘 같았고 내 맘이 네 맘 같았지. 우리 셋에겐 그때 번개가 번쩍하고 내려치는 게 필요한 시간이라고 혼자 생각한 것 같다. 적어도 난 그런 게 필요한 시간이었어.

연극은 심심했다. 그렇지? 그래서 나는 좀 미안하고 아쉬운 마음이 들었는데, 그래도 새로운 장르를 보았다며, 재미있었다고 말해줘서 다행이었어. 극장에서 나와 무엇을 먹을까 밥집을 찾아 나서며 우리는 그래도 신선한 기분이 되었던 것 같아. 낯선 동네의 낯선 공기가 주는 힘은 그런 거지. 그리고 들어간 식당에서 철판볶음에 소주와 맥주를 시켜놓고 이야길 나누었지. 무기력하다가 이제 조금 살아난 내 이야기, 아직 작업에 착수하지 못했지만 조금씩 환경을 만들어나가고 있다던 H 이야기, 그리고 '잘 못 지낸' 네 이야기.

너는 많이 힘들다고 했어. 우울함 때문에 아무것도 할 수가 없다고 했지. 그래서 잠을 잘 못 잔다고, 이런 감정의 기복은 늘 있어왔지만 이번엔 좀 심각한 것 같다고. 나는 너에게 왜 우울하냐는 바보 같은 질문은 하지 않았어. 우리는 모두 우울할 수백 가지의 이유를 안고 살고 있으니까. 그러고 보면 날씨가 궂어서 우울하거나 사랑이 없어서 우울한 우울은 참 명쾌하고 순진해서 귀엽게 여겨지기까지 한다. 네 우울의 이유가 무엇인지 아마 너는 알고 있었을 거야. 단지 그것은 너무 많은 것들이 복잡하게 얽혀 있어서 하나하나에게 이름을 주고 나누어놓기도 전에 손쓸 수 없게 된, '우울'이라는 실 뭉텅이가 된 거지. 언젠가 내가 나락으로 떨어져버린 것만 같았을 때, 한동안을 시간을 죽이며(시간을 죽인다는 말 참 생생해서 섬뜩하다) 살다가 대체 왜 그런지를 들여다보니 나의 '무능' 속에 모든 답이 있더라. 적어도 내 경우엔 그랬어. 창조적 무능, 경제적 무능, 내 정의, 사랑, 가치의 무능. 그야말로 무능투성이인 거야. 무능력한 자신을 바라보는 것만큼 괴롭고 처참하고 슬픈 일이 또 있을까. 무능은 욕심의 다른 이름이기도 하다는 것을 그때 알았는데, 욕심을 부리고 있기 때문에 모든 것이 맘 같지 않아서 화가 났던 거지. 이것을 빨리 알아채면 좋겠지만 너도 알다시피 이때는 아무 생각도 할 수 없을 만큼 무기력해져 있으니까. 우울과 무기력은 어쩌면 그렇게 징글징글하게 서로를 탐하는지. 우울하면 한없이 무기력하고, 그렇게 무기력한 모습은 또 얼마나 사람을 우울하게 하냔 말이다.

말로 할 수 있는 것들이 별로 없었어. 깊숙한 각자의 슬픔과 우울 앞에서는 그렇지 않니. K야, 그럼 종이에다가 천천히 네가 하고 싶은 것들을 적어봐, 네가 지금 하고 있는 거 말고, 정말 뜬금없지만 그래서 못하고 있던 거. 유치하지만 나는 그렇게 얘기했지, 그건 내가 우울 밖으로 걸어나오는 방법이기도 했다. 하고 싶은 것을 위해 해야 할 일들 말고, 꼭 해야 할 일은 아니지만 언젠가는 하고 싶은 것, 1번에 적혀 있는 것 때문에 항상 기회가 주어지지 않았던 4번을 데리고 와서 4번에게 자리를 내주는 거지. 내 1번에 언제나 '기타 연습' '피아노 배우기' 같은 게 놓여 있었다면 4번에는 '도자기 공예' '서예' 같은 것들이 조금 서운해하는 모습으로 언제 올지 모르는 자기 차례를 기다리고 있었다. 4번에게 1번 자리를 주자 인생은 또 조금 즐겁게 흘러가더라. 누나, 저 그것도 해봤어요. 그런데 저 거기다 뭐라고 쓴 줄 아세요? 죽고 싶다……. 누나, 제가 '죽고 싶다'라고 쓰고 있더라고요.

한숨만 쉬었지, 우리. 아니, 나는 잠깐 동안 숨이 멎었던 것 같아. 네가 그런 생각까지 하는 동안, 그래서 어둠 속에서도 뜬눈이던 그 날들 동안 나는 대체 어디서 뭘 하고 있었단 말이냐. 어쭙잖은 내 하루 살아내느라 연락도 않고 척박한 내 세상에 머물러 있던 동안 너는 이렇게도 아팠다니. 이 일을 어쩌냐, 미안해서 어째. 너 이렇게 아파서 어째……. 한참을 한숨 쉬다가 내가 내뱉은 말은 이런 거였지. 또다른 나의 친구 하나도 요즘 삶의 의미에 대해서 자꾸 생각한다고 했다. 자신의 삶이 부질없어 보여서 어쩔 줄을 모르겠다고 했다. 그건 그 친구 이야기만은 아니야. 누구에게나 살아가는 것 자체가 고민이고 평생 그 답을 찾기 위해 살고 있는 건지도 몰라. K야, 누구나 다 그렇다. 나도 그래. 누구에게나 그런 시절이 있어……. 이건 위로의 말이 아니었어. 달랠 수 있는 것을 달래는 것이 위로지, 너에게 필요한 건 위로가 아니었으니까. 너의 손을 잡고 그 컴컴한 방을 걸어나가는 것. 그걸 하려고 한 것인데, 내가 할 수 있는 말은 어떻게 이렇게 서투르고 부족한지. 그 밤에 나는 많이 슬펐다.

시간이 또 이렇게 흘렀어. 우리는 또 엉성하게 편집된 영화처럼 갑자기 다음 장면이 되어 만나는구나. 어떻게 헤쳐 나왔는지 모르겠지만 다행히 너는 그때의 모습이 아니다, 그렇지? 잘 자고 잘 먹으며 잘 살고 있는 거지? 그때 1번으로 적은 것을 싹싹 지우고 새로운 1번을 적어넣은 것 같다, 그렇지? 그리고 너, 단단해진 것도 같아. 그럴 줄은 알았지만, 지나가는 소나기일 줄은 알았지만 이런 당연한 것이 때로는 얼마나 고마운지! 다시 돌아와줘서 고맙다, K야. 또 언제 어떤 우울이 우리를 덮칠지 모르겠지만, 만약 그런 시간을 다시 만나면 그땐 바로 나에게 오렴. 잠 못 드는 밤이면 그게 언제든 날 깨우고 불러내라. 너의 슬픈 표정을 보더라도, 끔찍한 이야기를 듣게 되더라도 그때처럼 당황하지 않고 난 이렇게 말할 거야. "그런 말이 어디 있어. 자, 손잡아." 그러고는 네 손을 꼭 잡고 걸어갈 거야. 어떤 길이든, 얼마만큼 시간이 걸리든. 울면 울도록 내버려둘 거야, 같이 부둥켜안고 울게 되겠지만……. 그리고 울음이 멈추고 걸음이 우뚝 멈춰 설 때까지 나는 너와 함께 걸을 거야. 그렇게 까만 방 바깥으로 말없이 같이 걸어가자, 알았지?

나는 겨울을 굉장히 무서워하는 사람이야. 너는 그걸 아는지. 다음에 만나면 차 한잔하자. 아마 난 벌벌 떠느라 정신없을 테니 너의 수다로 나를 좀 달래주어. 웃는 모습을 볼 생각에 마음이 좋네. 연락하는 것에 있어서는 나도 참 문제지만 가만 보니 너도 만만치 않은데?

K야, 내가 연락할게. 우리 곧 만나자.

우린 참 다른 사람

반딧불이를 보지 못하고 죽는 사람도 있을 것이다.

몇 년 전, 제천의 시골 마을에 다녀갔을 때 나는 반딧불이를 처음 보았다. 시골의 밤은 욕심부리지 않고 어둠에게 고스란히 제 자리를 내어준다. 도시의 밤이 불빛으로 물든다면 시골의 밤은 어둠으로 물드는 것이다. 낯설지만 고마운 모습이었다, 밤의 원래. 시퍼런 어둠에 눈을 껌뻑이고 있을 때 무언가 반짝, 하고 지나갔다. 방금 뭐 지나가는 거 못 봤어요? 물어볼 사람 없이 혼자 앉아 있었기 때문에 그저 다시 눈을 껌뻑, 그러자 다시 반짝, 반짝, 반짝. 처음에 하나이던 것이 나중에는 별처럼 많아졌다. 별들이 춤을 추었다. 하늘이 아닌 내 눈앞에서. 반짝, 반짝, 반짝. 새파랗고 무척 빛이 났다. 아, 반딧불이구나!

별처럼 빛난다. 너무 아름답고 또 황홀하다. 슬프기도 하며 벅차기도 하다. 저 파랑. 화려하지만 정갈하다. 신비롭다……. 어떤 말들을 한꺼번에 늘어놓아도 그때 내가 본 반딧불이를 설명할 수는 없을 것이다. 설명할 수 없지만 절대 잊을 수도 없다. 꿈결 같았다. 평생 꾸어본 적 없는 꿈이었다 해둘까. 반딧불이를 본 사람과 보지 못한 사람. 그때부터 나는 '다르다'라는 말의 질감을 이런 식으로 생각하게 된 것 같다.

그러니 우리는 어찌해도 참 많이 다른 사람이다. 나는 반딧불이를 본 사람이고 당신은 보지 못한 사람. 누군가는 반딧불이를 보고 시를 쓰는 사람. 또 누군가는 반딧불이 같은 건 봐도 그만 안 봐도 그만이라고 말하는 사람이니까. 우리는 좋아하는 색깔이 다르고 좋아하는 치마 모양도 다르다. 우리를 춤추게 하는 음악이 다르고, 서로 다른 문장에 밑줄을 친다. 캐리어를 끄는 여행을 하는 인생이 있고, 배낭을 메고 걷는 사람이 있고, 짐 없이 가벼운 영혼도 있지만, 저기 어딘가에는 아픈 엄마를 돌보느라 한 발자국 나설 수조차 없는 삶도 있는 것이다. 우리는 다른 아버지를 가졌기에 다른 눈빛의 얼굴과 기질을 하고선 다른 모양의 울음을 운다. 누군가는 소중한 사람을 잃었고, 누군가는 그것을 애초에 가져본 적 없을지도 모른다. 운명이 우리를 다르게 만들었고, 거기에서 또다른 선택을 하며 살아간다. 우리에게 같은 것이라곤 같은 해와 달과 별을 가졌다는 것, 그리고 살아 숨쉬고 있다는 사실뿐일 것이다. 그리고 하나. 우리가 가진 '마음'이라는 작은 방. 그것만은 모두 공평하게 지녔다.

그러므로 여기서부터 이야기를 시작해야 할 것이다. 한없이 다른 당신과 나, 그 마음에서부터. 당신 마음의 방은 무엇으로 채워져 있는지, 그 방은 넓고 높은지, 시린 날에 빛 한줄기 드는지, 바람 오는지 내가 알지 못하지만 그 방에도 반딧불이가 날아다니고 있다는 것을 안다. 반딧불이의 슬픔, 반딧불이의 절망과 고독, 반딧불이의 아름다움 같은 것이 새파랗게 반짝거리고 있다는 것을 안다. 설령 당신이 날아다니는 반딧불이를 본 일 없고, 볼 일도 없다 하더라도, 그래서 우리가 참 많이 다른 사람이라 하더라도 우리는 계속 이야기를 나누었으면 좋겠다. 우리가 딱 하나 똑같이 가진 그 '마음' 이야기를 하다보면 결국에 우리가 얼마나 비슷한 사람인지 알게 되지 않을까. 서로의 반딧불이들이 만나 꿈결처럼 어울리다가, 설명할 수도 없고 설명할 필요도 없는 모양으로 푸르게 푸르게 빛나지 않을까.

그 사람의 노래

아무도

그 무엇도

그대를

위로할 수

없었다

이런 가사가 오히려 나를 위로하는, 아이러니.

* 이규호, 〈없었다〉

Central Park

만취

열린 문으로 바람이 쓸고 간 것은 연기,

담배 연기

내뿜은 담배 연기

한숨과 함께 내뿜은

담배 연기

엎드린 그대들의 머리 위로 내뿜은 연기,

취해 엎드린 애잔한 그대들의 머리 위로 내뿜은 담배 연기

취해 엎드린 애잔한 그대들을 나와 같다 느끼며 내뿜은 담배 연기

그대들과 나는 무엇이 그렇게 애잔한가, 왜 그렇게 애잔한가

서로를 챙기다가, 으르렁거리다가, 못 들은 체하다가, 속을 다 털어 놓다가, 이 꼴 저 꼴 다 보이다가 결국에 취해 엎드린

그대들을

나와 같다 느끼며

한숨과 함께 내뿜은 담배 연기를,

바람이 쓸고 가다

바람만이 연기의 속사정을 알고 있다

생의 선물

나는 잘 운다. 엄마를 닮았기 때문이다. 꽃을 좋아하고 선물하기를 좋아하는 엄마는 눈물이 많다. 나는 엄마를 얘기할 적에 '우리 엄마는 천사야'라고 말하곤 한다.

나는 엄마를 닮아 잘 울지만 천사가 아니다. 지난날을 생각해보면 억울함이 어떤 식으로도 해결되지 않을 때 나는 주로 울었던 것 같다. 내 뜻대로 되지 않아 성질이 나면 그 성질에 내가 못 이겨 우는 적도 많았다. 아주 어릴 때부터 그랬었다. 또렷이 기억나는 일이 있다. 유치원 시절, 구멍난 하얀 스타킹을 기워달라고 엄마에게 부탁했고, 마침 그때 엄마는 빨래를 하고 계셨다. 알았다, 엄마 이거 다 하고 나서 해줄게. 아니, 지금 해줘, 엄마. 이거 다 하면 해준다니까. 아이, 지금 해줘, 지금! 빨래판 옆에 쭈그리고 앉아 같은 말을 네댓 번 반복한 후에, 비눗물 묻은 고무장갑으로 찰박하게 한 대 쥐어박힌 후에, 그때부터 울기 시작했다. 아주 큰 소리로 오랫동안 울었다. 반항의 목소리가 실려 있었고, 제 성에 못 이겨 터진 울음이었으므로 언제 그쳐야 할지를 몰랐다. 슬며시 울음을 그친다면 엄마가 내 생각과 뜻을 앞으로 우습게 여길지도 모른다는 맹랑한 생각까지 했던 것 같다. 엄마는 아이의 못된 생각을 이미 알고 계셨을 것이다. 그래서 목이 쉬어라 우는 나를 달래주는 법이 없었다. 홀로 서글피 한참을 울다가, 학교에서 돌아온 언니가 구석에서 꺼이꺼이 울고 있는 나를 발견하고 달래주면 그제야 못 이기는 척 울음을 거두었다. 사실 이미 눈물은 다 말라 있었고 울음소리도 나지 않았다. 간혹, 목소리가 어떻게 그렇게 허스키하냐는 질문을 받으면 "어릴 때 목이 터져라 하도 많이 울어서 그래요" 하고 농담 반 진담 반으로 대답하곤 한다.

조금 더 자랐을 때도 내 울음은 한참 빈곤했다. 나의 눈물은 슬픔을 가지지 못했던 것 같다. 슬픔을 모르거나 외면했다고 하는 편이 맞을 것이다. 고등학교 시절, 집으로 돌아오니 아무도 없었다. 이어 엄마로부터 전화가 걸려왔고, 외할머니가 돌아가셨다고 했다. 할머니의 영정사진 앞에서 나는 아무 생각이 없었다. 그리고 눈물도 없었다. 나를 키워주신 할머니, 당신의 등에 업혀 있던 커다랗고 따뜻한 기억, 그런 할머니가 돌아가셨다는데 눈물 한 방울 나지 않다니. 그것은 내게 충격이었고 나를 자괴에 빠뜨렸다. 그때 생각했다. 나는 슬픔이 두렵구나, 슬픔을 마주할 용기가 없구나, 모른 척하고 싶은 거구나. 비겁한 내 눈물이 그렇게 미웠던 적은 없다.

시간이 흐르고 언젠가부터 내 눈물샘은 그간의 잘못을 뉘우치기라도 하듯이 쉴새없이 젖어들었다. 눈물은 시도 때도 없이 막무가내로 흘렀는데, 다행히 억울한 순간에는 더이상 눈물이 나지 않았다. 그리고 눈물이 슬픔 속에 있을 때만 흐르는 것은 아니라는 사실도 알게 되었다. 눈물은 항상 예상치 못한 한여름 소나기처럼 왔다. 늘 우산을 준비하고 다니는 것은 아니었기에 나는 속수무책으로 눈물을 맞았고, 또 젖었다. 나도 모르는 사이 눈물방울이 떨어진 순간에는 언제나 마음에 바람이 일었다. 부드러운 온기를 가득 품은 남풍 같기도 했고, 어떨 때는 한겨울에 불어오는 매서운 칼바람 같기도 하였다. 목이 멘다, 코끝이 찡하다, 가슴이 미어진다, 혹은 가슴이 벅차다, 하는 말들의 습기를 눈물은 완벽하게 머금고 있었다. 그런 눈물을 흘릴 때는 애써 닦을 것을 찾지 않고 그저 손등으로 쓰윽 한 번 쓸어주면 그만이었다. 눈물은 마음껏 흐르다가 마른 마음을 촉촉하게 해두고는 저편으로 날아갔다. 이토록 고마운 눈물은 어디에서 오는 것일까, 눈물의 엄마도 우리 엄마처럼 천사를 닮았을까? 눈물의 어미가 궁금하였다. 순수한 것들을 길러내고 있는 자궁은 분명 뜨겁고 위대할 것이었다.

언제 어느 때 눈물이 나는지는 여전히, 그리고 도무지 설명할 수가 없다. 그야말로 사소하고 하찮은 순간들이기 때문이다. 나무 아래 앉았는데 나뭇잎 하나가 떨어져 바람에 날릴 때, 비행기가 힘껏 돋움을 하여 이륙하는 순간에, 새벽녘, 혼잡한 지하철역 사이를 걸어가는 앞사람의 구부정한 뒷모습을 볼 때, 낯선 길 위에서 오랜만에 그 음악을 들을 때, 영화 속에서 아빠와 아들이 탁구를 칠 때, 낡은 우체통이 거기 있을 때, 화가가 뿌려놓은 파란 물감 앞에서, 길은 밤 내 마음 같은 문장 하나를 만났을 때, 뭉툭한 것에 찔렸을 때, 차가운 것에 데었을 때, 뜨거운 것에 얼어붙었을 때, 구름은 흘러가고 어딘가에서 누군가 울고 있을 때, 개미가 제 몸통보다 큰 부스러기를 이고 갈 때, 아무 일도 일어나지 않았으나 봄꽃 향기는 여전히 아찔할 때, 사람이 예쁘게 웃고 있을 때……. 이렇게 아무것도 아닌 순간에 나는 불쑥 목이 메거나 코끝이 찡해지거나 가슴이 미어지거나 벅차오르곤 하는 것이다. 내 눈물의 어미는 천사보다는 거미를 닮아서, 사방에다가 줄을 치고는 걸려드는 모든 것들을 제 몸으로 흡수하는 건 아닐까, 하는 생각이 들기도 한다.

나는 잘 운다. 시간이 갈수록 더 자주, 더 뜨겁게 운다. 그러나 눈물의 어미는 이제 궁금하지 않다. 어차피 설명할 수 없는 것들이다. 설명할 수 없지만 알 것만 같아 고개를 힘차게 끄덕이고 싶은 순간 눈물이 흐른다는 것을 이제 안다. 표현할 수 없는 하늘빛, 표현할 수 없는 애달픔, 말로 할 수 없는 깊은 것들. 설명할 수 없는 것들이 삶에는 이렇게나 많고, 우리는 늘 눈물겹다. 그것을 설명해보려고 가슴을 친 적도 많았지만 안 되는 것은 역시나 눈물이 대신해줄 일이다. 내 눈물은 온전한 공감과 감동의 가장 완벽한 표현이었다. 아무래도 눈물은 생이 내게 선물한, 세상에 편찬된 적 없는 마음 안의 사전인 것만 같다. 어느 쪽이든 펼쳐들면 말보다도 진하고 빼곡한 진심이 거기에 있다. 언젠가는 한줄기 흐르는 눈물로써 모든 말들을 대신해도 좋겠다. 오늘, 강물 흘러가는 것 보며 울 수 있다는 사실에 나는 또 눈물이 난다.

창문의 속내

당신의 창문 속이 늘 궁금했습니다.

어느 오후에 그 창문에서 흘러나왔던 아리아를 기억합니다. 나는 그 소리를 듣기 위해 숨소리를 낮추고 나의 창을 열었었습니다.

창문은 호락호락하지가 않습니다. 그러니 아무래도 우리는 서로의 속을 볼 순 없겠어요. 망원경이 있다면 어떨까 생각한 적도 있습니다.

당신은 어떤 파자마를 입고 생활하는지, 어떤 종류의 커피를 즐겨 마시는지, 커피보다는 차를 좋아하는지, 밥을 먹고 곧장 설거지를 하는지 한참 쌓아두는지, 샤워는 아침에 하는지 밤에 하는지, 집안에 초록 식물이 한두어 개쯤 함께 살고 있는지, 적막을 즐기는지 도무지 견디지 못하는지, 가끔씩 친구들을 데려오기도 하는지……. 내가 궁금한 건 고작 이런 것들이지요. 파자마나 커피 취향으로 당신을 알 순 없을 테지만요.

'당신은 누구인지'가 아니라 '당신은 무엇인지'를 알고 싶었습니다. 그것은 '나는 무엇일까' 하는 질문에 답을 줄 것만 같았기 때문이죠.

그러나 당신의 창문은 초대가 없습니다.

거기, 창문 속의 당신. 당신도 어느 날은 위태로운 한숨을 삼키며 잠드나요? 뭐가 뭔지 모르겠어서 마른 고함을 질렀나요? 그래도 잘 가고 있어, 고맙고 행복하기도 한가요? 달이 쨍한 날, 혼자 실실 웃나요? 그런가요, 당신도?

창문의 속내가 늘 궁금합니다. 나는, 당신이 궁금해죽겠습니다.

말라비틀어진 아몬드를 보며

꼭 나 같다.

내 친구 배철호

내 친구 배철호는 나보다 다섯 살이 많나 여섯 살이 많나 그렇다. 하지만 나는 그를 부를 때 "배철호, 배철호—" 한다. 누가 보면 이런 버릇없는 경우가 어디 있느냐 하겠지만, 상관하지 않고 늘 그렇게 한다. 나는 그를 "배철호오오—" 하고 부를 때가 참 좋다. 그도 그것이 나쁘지 않은지 언제나 허허, 흐흐, 말간 웃음으로 답해준다.

내 곁에 좋은 사람, 착한 사람 천지이지만, 배철호 착하고 좋은 것 또한 말로 다 할 수가 없다. 그는 정말로 좋은 웃음을 가졌다. 사람이 어떻게 그렇게 한결같이 웃을 수 있는지, 그 웃음에 억지 없고 가식 없고 순진무구한 것을 보면 배철호 바아—보, 하고 싶은 것이다. 아이같이 웃는 사람, 그래서 그 사람 주변에는 항상 사람이 그득하다.

배철호는 화가이고, 미술학원에서 아이들을 가르친다. 그의 제자들이 입시를 치르고, 대학생이 되고, 자기 작업을 하는 동료작가가 되는 것을 나도 옆에서 많이 지켜보았다. 나는 그의 그림을 맨 처음 보았을 때 적잖이 놀랐었는데, 그것은 그의 그림이 사람과는 영 딴판이었기 때문이다. 그림은 주로 흑백의 무채색 속에서 수많은 작은 점들로 이루어져 있었고, 점들은 사람의 몸이거나 알 수 없는 우주이거나 했다. 아주 섬세하고 심오했다. 어둡고 깊숙한 세계, 현실을 초월한 세계. 언제부터 그는 이 무수한 점들을 찍고 있었던 걸까. 밝고 따뜻하고 유쾌한 그이와 도무지 조화가 이루어지지 않는 그림들이었다. "그림이 없었더라면……" 하고 그가 자신의 이야기를 들려주지 않았다면 나는 사람과 그림 둘 중 하나를 거짓말로 치부해 버렸을지도 모른다.

그에게는 가족이 없다. 아니 가족이 있었지만 모두 끊어졌다고 했다. 가족의 온기 없이, 사랑 없이, 보살핌도 없이 많은 시간을 혼자 보냈다고 했다. 내 형제, 내 부모와의 단절이 어떤 것인지를 짐작할 수 없는 나는 그 슬픔을 알 수가 없었지만, 그것은 그에게 영원한 상처인 듯했다. 비행기를 탈 수 없는 인생이 되었고, 술만 먹으면 잘못한 것도 없으면서 자꾸 미안하다고 말하는 사람. 그 사람에게 그림은 모든 것을 잊게 하는 자기만의 방이었고, 모든 것을 갖게 하는 꿈이었던 것이다. 술을 한잔하고서는, 나는 그림 그릴 때가 제일 행복해, 너무 행복해, 미안해, 하며 예의 웃음을 웃는 그 사람 말이 어떨 때는 너무 아파서 "미안하긴 대체 뭐가 미안하다는 거야! 이제 나한테 미안하다고 하면 오빠랑 다시는 안 논다!" 하고 쏘아붙이기도 했었다.

가끔 지난 시간들을 생각하면, 배철호만큼 인생이 파란만장한 사람이 또 있을까 싶기도 하다. 열심히 그림을 그려 꾸준히 전시를 했고, 밤늦도록 아이들을 가르쳤고, 어느 날엔 자신의 인생의 화두인 '샴siam'이라는 이름을 단 카페를 열었다. 카페는 주인을 꼭 닮아서 아늑하고 재미있고 멋스러웠다. 원래 많던 웃음이 더 많아진 나날들이었다고 기억한다. 그렇게 평온하고 행복해 보이던 시간에 사고가 찾아왔다. 한창 카페의 요리를 개발하고 배우고 하던 어느 날, 냉장고 문을 열다가 문에 안경이 부딪혀 눈을 크게 다친 것이다. 한쪽 눈을 실명할 수도 있는 큰 사고였다. 완전히 슬픈 시간이었다. 그림을 그리는 사람에게 눈은 또하나의 캔버스일 텐데, 이 일을 어떡하냐, 이것을 어떡해. 상상할 수 없는 절망의 시절이었다.

다행히 수술이 잘되었고 시력이 회복되었기 때문에 지금 이렇게 하나의 에피소드로 이야기하지만, 그 사고는 다시 기억하고 싶지도 않다. 그리고 시간은 언제나 그렇듯이 소리 없이 잘도 흘러갔다. 그도 상처를 회복하고 다시 예전처럼 살아갔다. 다시 그림을 그리며 그는 행복했을 것이다. 다시 그림을 그릴 수 있어서 고맙다 여겼을 것이다. 서울에서 조금 떨어진 외곽에 선배 형과 함께 창고를 개조하여 작업실을 만들었고, 근처에 작은 집도 하나 장만했다. 그의 시골 작업실에 놀러간 날은 기분이 좋아 함께 볕을 쬐며 낮술을 많이도 마셨다. 한동안 우리는 별다른 큰 소식 없이 어떤 날은 조금 행복하게, 어떤 날은 조금 지루하게 살았을 것이다. 그러고는 철호의 엄마, 한번도 함께였던 적이 없던 그의 엄마가 영영 철호의 곁을 떠나갔다.

그 이야기는 지금 하지 않으련다. 그가 엄마와 함께 날려보낸 나비 이야기도 지금은 하지 않으련다. 그런 일이 있었다.

그 일이 있고 난 뒤 얼마 지나지 않아, 슬픔이 채 가시기도 전에 지독하게 처참한 일이 일어났다. 나는 이것을 '무자비하다'라고밖에 말할 수 없다. 새로 이사 간 그의 작업실, 부엌에 멋들어진 바도 만들었고 아담한 방에는 없는 게 없던 그 작업실이 어느 밤에 불타 사라졌다. 모든 것이 불에 탔다. 그즈음 만들고 있던, 사랑하는 여자에게 선물할 작은 가구들은 물론이고, 그림을 그리기 시작했을 때부터 지금까지 그려온 모든 작품이 불에 탔다. 드로잉과 작은 그림 모두 합쳐 다섯 점을 빼놓고는 모두 깡그리 재가 되었다. 손을 쓸 겨를 없이 삼십 분 만에 불길은 모든 것을 없던 일로 만들어놓았다. 그의 작품 속 수많은 점들은 점으로도 남지 못했다. 소식을 전해 듣고는 전화를 걸었는데, 걸어놓고도 아무 말 할 수가 없었다. 무슨 말을 할 수 있을까. 지금 생각해도 나는 아무 말도 떠올릴 수 없다. 왜 내 친구 배철호에게만 이렇게 가혹한 일들이 일어나는데? 왜? 배철호가 사람 좋게 웃고 다니니까 만만하다 이거냐. 해도 해도 너무하는 거 아니냐. 신이라도 있다면 제발 이 소리 좀 들으시오. 목구멍에 가득차서 질질 새어나오는 말들을 허공에 내뱉었다. 아무 소용도 없는 그 소리는 메아리가 되지도 못했을 것이다.

시간이 약인가? 그 말에 동의하고 싶은 생각은 추호도 없다. 그저 시간은 흘러갈 뿐이다. 나조차도 아파죽을 것 같은 그의 파란만장을 이렇게 다시 끄집어낼 수 있는 것은, 시간이 흘렀고 그것이 모두 끝났다고 믿기 때문이다. 나는 그렇게 생각한다. 그 사람이 겪어야 할 인생의 슬픔은 모두 끝났다. 나는 그의 행복에 대해 이야기하려고 그 아팠던 일들을 구구절절 늘어놓은 것이다. 그 깊고 아득한 슬픔과 외로움의 대가로 그는 세상 가장 행복한 선물을 받았으니까. 배철호는 지금 완전히 행복해졌으니까.

철호는 자기보다 더 예쁜 웃음을 가진 사람, 개구진 눈으로 그에게 웃음을 주는 사람, 아플 때마다 어깨를 감싸주는 좋은 사람을 만났고, 그녀와 결혼했다. 영원한 '배철호 전담 가수'인 나는 당연히 그의 결혼식 때도 노래를 불렀는데, 노래하며 그렇게 뿌듯했던 적은 없었던 것 같다. 푸른 잔디가 펼쳐져 있고 나무숲이 포근하게 우거진 곳에서 그들은 나란히 손을 잡고 서 있었다. 내 친구 배철호의 곁에 천사가 내려왔다고 생각했다. 입이 찢어져라 웃고 있는 한 사람과 볼이 터져라 방실거리는 한 천사가 어찌나 아름답던지 나는 철호 엄마인 것처럼 기뻐 울었다.

그리고 천사는 곧 엄마가 되었다. 이제 배철호에게는 천사가 둘, 그는 엄마천사를 '꿈'이라 불렀고, 아기천사를 '이룸'이라고 불렀다. 천사들에게 무척 어울리는 이름이라고 생각한다. 그리하여 그는 꿈을 이루는 가족의 핵심 멤버가 된 것이다. 그를 세상 가장 행복한 사내라고 말해도 무방하지 않겠는가.

이룸이가 백일이 되어 세상 나들이를 처음 하게 된 날, 철호는 아내와 아가를 위한 작은 전시를 열었다. 전시의 제목은 〈꿈 이룸〉 전이었다. 몇 달 전부터 그는 배에 이룸이를 품고 등에는 커다란 날개를 달고 있는 아내의 형상을 흙으로 빚었고, 자기만의 눈빛으로 세상을 바라보고 있는 훗날의 이룸이를 곱게 그렸다. 전시 하루 전날 단골 카페에서 배철호를 만났는데, 전시장에 작품을 설치하고 오는 길이라 했다. 설치중에 글루건이 눈에 튀어 병원에도 다녀왔다고 했다. 오빠, 눈, 눈! 제발 조심해야 해, 그 눈! 그는 눈두덩이 시뻘겋게 되어서도 허허 웃으며 괜찮다고 했다. 뻘건 눈을 하고서 이렇게 말했다. 아, 기분 진짜 좋다!

"양양아, 나 노래 하나 해도 돼?" 배철호는 원래 술을 먹고 기분이 좋으면 노래를 곧잘 한다. 주로 부르는 노래는 "우리들 사랑이 담긴 조그만 집에 옹기종기 모여 정다운 이야기, 서로의 즐거운 슬픔을 나누던 밤"이다. 나는 배철호가 이 노래를 부르는 것을 백번은 들었다. 그래, 내 친구가 기분이 좋다는데 노래하고 싶으면 노래해야지. 까짓것 한 번 더 듣자. "으응. 오빠, 노래해라. 한번 불러봐라." 오늘은 왠지 이 노래 부르고 싶네, 하며 그는 천천히 노래를 시작했다.

어느 날 난 낙엽 지는 소리에 갑자기 텅 빈 내 마음을 보았죠. 그냥 덧없이 흘러버린 그런 세월을 느낀 거죠. 잃어버린 것이 아닐까, 늦어버린 것이 아닐까, 흘러버린 세월을 찾을 수만 있다면 얼마나 좋을까 좋을까. 난 참 바보처럼 살았군요, 난 참 바보처럼 살았군요.

그는 아주 천천히, 또박또박 노래했다. 한 음 한 음에 마음이 참 꾹꾹도 실려 있어서 금세 내 마음에도 그 소리가 번졌다. 번진 그 무늬를 색으로 표현한다면 파랑보다는 빨강에 가까웠을 것이다. 그것은 지나간 시절에의 후회나 쓸쓸함이 아닌, 흘러간 시간을 담담하게 바라보는 초연한 시선의 말들이었다. 나는 그것이 배철호가 꿈 이룸과 함께 따스하게 펼쳐나갈 앞날에의 찬가였다고 생각한다.

그가 엄마를 보내드리던 날, 영락공원의 앞산에는 봄꽃들이 미친 듯이 피어 있었다. 그렇게 무정한 꽃들을 본 적이 없지만, 한편으로는 다행이라고 생각했다. 그는 엄마의 육신 옆에 나비를 한 마리 그려두었다고 했다. 나비처럼 훨훨 날아가시라고, 나비가 되어 어여쁜 꽃들하고만 노시라고. 나는 철호 엄마가 철호의 바람대로 나비가 되었을 거라고 믿는다. 그의 가슴 한구석에 있던 어두운 늪지는 엄마를 위한 꽃밭이 되었을 것이다. 그리고 엄마는 나비가 되어 이제는 영영 철호의 꽃밭에서 노닐 것이다. 나비가 꽃을 찾아가는 좋은 계절이었다.

배철호는 지금 참 잘 살고 있다. 저기 시골 마을에 언젠가 집을 짓고 사는 꿈을 꾸면서. 흙 좋은 곳에 작은 집을 지어 자신은 마을 아이들을 모아놓고 그림을 가르치고, 아내는 집 앞의 텃밭에 건강한 것들을 심고 정성껏 길러내 좋은 음식을 만들며 살면 좋겠다 한다. 아기천사 이룸이가 그때쯤 작은 시골 학교에 입학하여 얼굴 새까매지도록 뛰노는 것을 보고 싶다고도 한다. (이룸이 철호를 쏙 빼닮는다면 밖에서 뛰놀지 않아도 새까맣겠지만.) 아마 그가 바라는 대로 모두 그렇게 될 것이다. 당연한 것 아닌가. 그는 '꿈이룸배철호' 아닌가! 그러면 나는 어느 좋은 날에 내 친구 배철호에게 달려가 마을 저 앞길에서부터 "배철호오— 배철호오오—" 하고 버릇없이 또 그렇게 부를 거다. 봄이라면 나비 한 마리 바람결에 데려가야지. 배철호는 나랑 나비랑 보고는 허허, 흐흐 하며 그 말간 웃음으로 달려나올 것이다.

몸에 배다

닷새 동안 같은 옷을 입고 다녔다.

2월의 섬 바람은 어디에서도 피할 수 없다는 것을 그때 알았다.

여분의 옷가지들을 돌려 입을 새 없이 한꺼번에 다 껴입고 닷새를 지냈다. 어디에나 바다가 있었기에 내 옷에도 짠내가 그득 배었다.

버스를 탔을 때 할머니들에게서 한결같이 풍기던 비릿한 바닷내가 이제 내 몸에서 난다. 킁킁. 킁킁. 같은 냄새가 틀림없다. 씻지 않아서가 아니라 여기에 살아서 몸에 밴 냄새, 삶의 체취. 처음에는 무척 낯설고 짙어서 고개를 조금 돌려버렸던 그 냄새.

겨우 닷새, 그러나 나도 이곳을 살았구나.

시간을 바라본다.

나는 그 냄새를 직접 가지고 나서야 몰랐던 것들을 조금 알 것 같았다. 버스가 어느 바다를 지날 때 뜻도 없이 눈물이 흐르던 까닭,

너무 갑작스러워 너무 당황스러워 닦지도 못하고 눈을 크게 부릅뜨고, 고여만 있어라, 더는 떨어지지 말아라, 하던 눈물.

그것은 삶의 슬픔이었구나. 삶의 슬픔에는 이유가 없기도 하구나. 살고 있어서 저절로 배어드는 냄새처럼, 살고 있다면 어떻게 해도 막을 수 없는 슬픔이 있구나.

눈물을 바라본다.

그러고는 섬 어딜 가나 맡아지는 그 냄새를 한껏 맡았다.

할머니들의 옷자락을 바라만 봐도 이제 나는 그 세월의 냄새를 알아챌 수 있게 되었다. 삶의 체취, 정정당당한 냄새. 그 냄새를 가진 나도 이제 거기 사람처럼 보였을 것이다.

부끄러울 것 없는 슬픔과 부끄러울 것 없는 냄새가 꼭 인생의 전부인 것만 같아서 섬을 떠나와서도 옷을 벗지 못하고 나는 내 몸을 한참 킁킁거렸다.

냄새를, 삶을 바라본다.

나를 보고 힘 얻으라

가끔씩은 이럴 때가 있다. 좋아하는 작가의 새책을 펼쳐든 날, 한 문장만 읽고도 '아, 이거 또 사람 흔들어놓겠구나' 하는 생각이 들 때, 들어가는 글 하나 읽고도 책을 다 읽은 것마냥 휩싸일 때. 그럴 때는 함부로 책장을 넘기지 못하고 책머리로 돌아가 작가의 신상을 천천히 읽어본다. 대체 이 사람은 어떤 삶을 살기에 이런 이야기를 이렇게 하는가. 무엇을 먹고 어디에서 어떻게 살았길래 문장 하나가 이렇게 아름답고 지혜로운가. 이번 작가는 1970년생이라고 한다. 1970년생이면 나보다 겨우 팔 년 더 산 인생인데 이이는 그동안 열몇 권이 넘는 소설책과 다섯 권의 산문집을 발표했단다. 어마어마하다. 양이 중요한 것이 아니라, 내가 읽은 그의 책이 나를 울고 웃게 했기에 중요하다. 언제나 좋은 글들이었다. 그 사람의 행적 앞에서 잠시 넋을 잃고 있으면 마음에 황량한 바람이 일어 원치 않는 곳에 나를 데려다놓는다. 그곳에는 비교가 있다. 나는 누가 시킨 것도 아닌데 저울에 오른 고깃덩어리처럼 조마조마하게 덜렁거린다. 저울 반대편에 놓이는 것은 이제 그 작가 하나만이 아니다. 세상에 내가 갖지 못한 것들을 가진 사람들. 어떤 사람은 지독하게 아름다운 문장을 가졌고, 어떤 사람은 천상의 목소리를, 어떤 사람은 남들이 보지 못하는 것을 보는 시선을, 어떤 사람은 건강한 육체와 정신을, 어떤 사람은 호숫가 앞의 너른 마당을, 어떤 사람은 아가를 품어 젖을 먹일 가슴을, 어떤 사람은 보편성을, 어떤 사람은 특별함을, 어떤 사람은 사명을, 어떤 사람은 희생을, 어떤 사람은 사랑을……. 생각이 이렇게 이어지다보면 평온한 내 인생에도 한숨이 들고, 갑자기 나는 무엇인가, 하는 자괴가 순식간에 나를 포위한다. 한 일이 너무 없고 가진 것이 참으로 비루한 인생인 것이다. 한숨을 쉬는 사이 다행스럽게 그 순간은 누군가의 생일 촛불처럼 단번에 훅 꺼진다. 정말로 다행이다. 나는 단순함을 가졌다. 명쾌함도 가졌다. 단순함과 명쾌함은 그 모든 비교를 끝내고 내가 가진 것 쪽으로 나를 걸어가게 한다.

나는 마르지 않은 잉크와 빈 노트를 많이 가지고 있다. 언젠가 꼭 들려주고 싶은 노래도 미완성인 채로 많이 가지고 있고, 조율되지 않았지만 피아노도 하나 있다. 미완성의 불안과 말라가는 감성에의 고통은 덤으로 가졌다. 그러나 무엇보다도, 나는 아주 많은 시간을 갖고 있다. 하루종일 멍하게 앉아 있을 시간, 천천히 커피를 내리고 우유 거품을 만들 시간, 마음껏 바람을 쐬고 볕을 쬘 시간, 느리게 걸을 시간, 아름다운 문장을 읽고 손으로 옮겨 적을 시간, 그러다 책장을 덮고 눈을 감을 시간, 버스를 타고 목적지 없는 곳에 다녀올 시간, 좋은 창문이 있는 방을 찾을 때까지 집들을 노크할 시간, 별을 세고 있을 시간, 이유 없이 눈물이나 흘릴 시간, 누군가를 그리워할 시간, 이 모든 시간이 내게는 충분히 있다. 언젠가 피터 빅셀의 『나는 시간이 아주 많은 어른이 되고 싶었다』라는 책을 읽으면서 '나는 아직 어른은 아닌 것 같지만 시간은 아주 많은데, 정말 많은데' 하면서 웃었다. 이렇게 많은 시간을 가졌지만, 내가 갖지 못한 것들을 세어보고 그것에 비통해할 시간만큼은 없다. 그럴 시간이 있으면 화단의 시든 꽃잎이나 따고 웃자란 가지를 친다.

그렇게 많은 시간을 가졌음에도, 아주 천천히 내가 좋아하는 소일들이나 하느라 인생에 이루어놓은 것이 없다. 나의 노래들은 널리 울려퍼지지 못했고, 지금 쓰고 있는 이 글이 누군가에게 읽힐지 어떨지도 모르겠다. 아주 적게 벌고, 번 만큼만 먹으며 산다. 매일이 특별할 것도 없고, 어떤 날은 나를 잊기도 한다. 부탁하면 손을 내밀어주는 좋은 사람들 덕분에 셀 수 없이 많은 도움을 받았고, 고마움과 미안함만큼 마음에 부끄러움과 슬픔도 그득 쌓였다. 그럼에도 나는, 행복하다고 말하는 날들을 가졌다. 이루기 위해서 살지 않고 느끼기 위해서 하루를 살고 있다. 고마운 것에는 감사하고, 미워하는 것은 미워하고, 부끄러운 것들을 반성하고 슬프면 한없이 슬퍼하면서 산다. 작은 것들은 그런 나를 언제나 응원하고 위로해준다.

얼마 전에 선물 받은 책 한 권을 아주 천천히 읽었다. 내 마음속에 언제나 1번인 그 작가님의 글은 역시나 파도처럼 나를 삼켰다. 책의 마지막 장을 덮고 뜨거운 여름 하늘 아래서 엉엉 울었다. 생의 온기, 환희와 슬픔, 걸어가야 할 길이 눈앞에 올곧게 펼쳐져 있어서 울었고, 섬세하고 아련한 마음결이 너무 아름다워서 울었고, 나는 죽어도 그런 문장을 쓰지 못할 것 같아 서럽고 괴로워서 울었다. 세상에 이렇게 아름다운 글이 있는데 나의 보잘것없는 이런 문장이 다 무슨 소용인가. 그 책은 나를 행복하게 한 만큼 좌절하게도 하였다.

그러나 단순명쾌한 나는 울음을 닦고 다시 나의 자리로 돌아간다. 하늘 아래 오래 앉았다가 다시 천천히 걸어간다. 걸으면서 곁에 있는 작은 것들을 바라본다. 그러면 좌절은 소망이 되고 꿈이 된다. 나는 기꺼이 보물찾기에 몸을 던진다. 보물이 있기나 한 건지, 그것을 언제 찾을지 아무도 모른다 해도 나는 재미있게 놀 것이다. 보물은, 세상 가장 아름다운 사랑이거나 세상 가장 아름다운 슬픔이면 좋겠다. 그렇다면 평생을 다해 천천히 그것을 찾을 것이다. 다행히 나는 아주 많은 시간을 가졌다.

당신도 때로는 누군가의 신상을 들추어보는 날 있을 것이다. 그가 가진 것이 당신에겐 없어서 좌절도 할 것이다. 저울은 언제나 저쪽으로 기울 것이다. 그러나 장담하건대, 내가 가지지 못한 무언가를 분명 당신은 가졌다. 사랑이든, 슬픔이든, 보잘것없이 작은 것이든, 지독히 아름다운 것이든. 내 눈에는 그게 보인다.

나이 서른일곱에, 가진 것이라곤 시간뿐인 철이 없는 인생이 여기에 있다. 그러니 당신, 나를 보고 힘 얻으라.

어떻게 그렇게 시간이 많냐고?

다른 걸 다 버렸으니까.

no more waiting

우리의 단어들

까다롭다, 허술하다, 심각하다, 단순하다, 매몰차다, 차갑다, 뜨겁다, 미적지근하다, 엉성하다, 치밀하다, 침착하다, 급하다, 느리다, 무디다, 예민하다, 우습다, 웃기다, 지루하다, 소심하다, 대범하다, 씩씩하다, 평범하다, 특이하다, 빨갛다, 파랗다, 까맣다, 노랗다, 진지하다, 쓸데없다, 무심하다, 다정하다, 냉정하다, 당당하다, 어정쩡하다, 여리다, 실없다, 맑다, 더럽다, 추악하다, 멍청하다, 잔인하다, 유약하다, 어둡다, 진하다, 가볍다, 환하다, 독하다, 맹하다……

이 모두가 나를 설명하는 단어.
그렇다면 당신은?
뺄 거 없을걸.

알아주길 바라는 건 아니지만

나 생각보다 많이 여린 사람이에요.
그런 줄 몰랐는데 그렇더라고요.
눈두덩에 진한 화장을 하고 시커먼 옷을 입고
입을 꽉 다물고 있어봤자 그런 건 그런 거더라고요.
꼿꼿할 줄 알았는데 자꾸 넘어지더라고요.
넘어져서 울더라고요.
엄마 엄마 하면서 울고 사랑 사랑 하면서 울고
어떤 날은 별이 깜빡깜빡 신호를 보내와서 웃다가 울고
아무것도 아닌 날은 백지처럼 하얗게 울고
울다가 젖어서 찢어지고 찢어진 걸 구기다가 울고.
그러더라고요.
그렇더라고요.

아차,

모두 알고 있는 사실인데 나만 나를 모르고 있었나요?

그런 것도 같네요, 가만히 생각해보니.

당신이 보여준 미소, 당신이 부딪혀준 술잔, 밥은 먹었어? 하고 물었던 것, 당신의 따끔한 질타, 당신이 보내준 과한 칭찬과 박수, 홀로 있도록 내버려둔 것, 가는 길이라며 함께 걸어준 길, 우산을 내 쪽으로 더 밀어준 것도, 어느 날은 가슴 안의 당신의 아픔을 보여준 것도 모두 나 울지 말라고 그랬던 거네요.

당신이 나를 잘 알아서, 아니 알 것 같아서 나 넘어지지 말라고 그랬던 거였네요.

울고 있는 나의 곁에서

바람이 되어주고 나무가 되어준

수많은 당신들에게 고맙다고 말하고 싶습니다.

나는 당신을 몰라요. 눈곱만치도 알아챌 수 없습니다.

그렇다 하더라도 나도 당신 손을 잡고 싶어요, 당신이 내게 그래준 것처럼…….

지켜주세요

할머니,

장마가 시작되려나봐요. 빗소리가 거세네요. 빨래가 잘 마르지 않고 모든 것이 눅눅한 시간이 되겠지요? 마음까지 축축하게 젖을까봐 걱정입니다.

여름비가 지루하게 내리는 날들이 계속되면 우리 엄마는 옷장을 활짝 열어두고, 바닥을 걸레로 깨끗이 훔친 뒤에 새로 한 이불 빨래들을 주욱 펼쳐놓고는, 하루쯤은 여름에도 보일러를 돌렸지요. 덕분에 우리는 여름에도 뽀송뽀송한 이불을 덮고 잘 수 있었어요. 어린 나는, 엄마는 여름에도 추운가보다, 엄마는 빨래하는 걸 좋아하나보다, 하고 생각했지요. 조금 자라서는 그 이유가 뭔지 알았지만요. 그래도 어떨 때 보면 엄마가 빨래하는 것을 진짜 좋아하는 것 같기도 해요. 내 눈에 엄마는 설거지나 서랍 정리는 영 대강대강인데 아직도 이불 빨래만은 정말 자주 하시거든요. 가뭄에 콩 나듯 가끔 엄마 집에 가서 자고 오는데, 엄마의 이불은 늘 뽀송뽀송하고 하얘서 그걸 덮고 언제까지고 누워 있고만 싶어요. 이불에서는 또 은은하게 엄마 냄새가 나서 온종일 거기에 코를 박고 있어도 좋겠다 싶고요. 할머니도 우리 엄마에게 늘 그런 이불을 덮어주셨나요? 할머니 향기가 엄마에게 스며든 건가요? 그럼 할머니께 고맙다 말씀드려야겠네요, 그렇죠?

아, 그렇다면 장조림 만드는 것도 할머니가 가르쳐주신 걸지도 모르겠네요. 며칠 전에 바깥에서 밥을 먹는데 장조림이 반찬으로 나온 거예요. 그걸 먹는데 갑자기 우리 엄마가 해준 장조림이 어찌나 먹고 싶던지요. 엄마는 늘 좋은 소고기를 사서 큼직하게 썰어 고추와 마늘과 함께 조린 후에 듬성듬성 찢어주었지요. 간장과 물엿, 또 무엇이 들어갔는지는 모르겠어요. (할머니, 저는 아직 장조림을 만들 줄도 모르고 만들 일도 없는 노처녀거든요.) 엄마의 장조림은 다른 집 장조림보다 조금 더 까맸고 씹히는 맛이 더 있었어요. 엄마는 씹히는 식감을 아주 중요하게 여겼으니까요. 소풍 김밥을 싸주실 적에도 두툼한 고기를 갈지 않고 그대로 넣어서 여린 우리의 이에는 좀 질기기도 했는데, '그것이 김밥의 씹는 맛!'이라며 자부하는 엄마였지요. 이것들은 분명히 외갓집의 영향이 맞아요. 확실합니다. 저는 아직도 어릴 적에 외갓집에서 먹었던 명태며 오징어를 잊을 수가 없으니까요. 씹어먹는 것을 그렇게 좋아하는 가족이 또 있을까요. 할아버지가 마당에서 말린 명태를 두어 마리 가져와 방망이로 두들긴

다음에 불에 구워서 쭉쭉 뜯어주시면, 엄마며 이모들이며 모두 둘러앉아 씹기에 바빴잖아요. 어린 나도 곁에 앉아 열심히 씹었습니다. 참 맛있고 재밌었어요. 모두가 그것을 사랑해서 나중에는 껍질까지 남는 게 없었잖아요. 그래서 저는 겨울만 되면 가족끼리 머리를 맞대고 앉아 명태를 질겅질겅 씹던 그 시절이 한없이 그립곤 해요.

할머니, 기억하세요? 엄마가 할머니께 나랑 언니를 맡기고 외출을 하면 할머니는 한 손에는 나를, 한 손에는 언니를 꼭 잡고 시장에 데려가셨잖아요. 그때 할머니가 '시원하니까 쭉 마셔봐' 하며 사주신 콩국을 기억합니다. 생애 처음 맛보았던 콩국물은 밍밍하고 맛이 하나도 없었어요. 웩, 이런 걸 왜 먹어, 하면서도 콩국물 안에 든 묵은 부드럽고 쫄깃하여 호로록 빨아먹었지요. 그날 저녁에는 시장에서 사온 닭으로 삼계탕을 끓여주셨을 거예요. 그 닭 안에는 노란 알이 들어 있었습니다. 할매, 이거 봐, 알, 알. 언니야 이거 봐, 알. 할매 할매, 이것 좀 봐, 하며 수선을 떨던 그 꼬맹이가 벌써 서른 중반을 훌쩍 넘겼어요. 꼬맹이의 언니는 이제 아줌마가 되었고요. 영영 할머니가 될 것 같지 않던 우리 엄마는, 할머니가 되었습니다. 할머니가 된 지 벌써 칠 년이나 되었어요. 믿어지세요? 할머니가 된 당신의 딸이, 당신의 나이로 가고 있는 우리 엄마가…….

아이가 우리 엄마를 할머니라고 처음 불렀을 때, 엄마의 기분은 어땠을까요? 할머니는 어떠셨어요? 나는 어쩐지 그 이름이 너무 서글퍼서 엄마보다도 할머니께 죄송한 마음이 됩니다. 우리 엄마의 엄마를 우리가 할머니로 만들어버렸잖아요. 우리가 처음 "할머니—"

했을 때, 엄마도 이렇게 슬펐을까요. 나는 할머니가 된 엄마의 기분을 한 치도 짐작할 수가 없어서 괜히 "아이고, 우리 엄마도 이제 할매가 됐네. 할매가 이렇게 젊어도 되나. 말도 안 돼" 하며 너스레를 떨었습니다.

비록 할머니가 되었지만, 그 아이 때문에 엄마는 많이 행복해했어요. 자기 인생밖에 모르는 딸들보다 백배는 예쁜 아이였거든요. 아이는 사랑한다는 말을 할 줄 아는 꼬마였어요. 표현에 서툰 우리 식구가 한 번도 입 밖으로 내밀어본 적 없는 말, 사랑해, 하는 말. 엄마는 아이 곁에서 지낸 몇 년 동안 그 아름다운 말을 인생에서 가장 많이 나누었을지도 몰라요.

아이는 지금 가족과 함께 조금 멀리 떠나 있고, 엄마는 혼자 있습니다. 엄마는 다시, '사랑한다'는 말을 쓸 일이 없는 시간들을 보내고 있겠지요. 엄마는 외로울 거예요. 자동차로 이십오 분이면 닿을 수 있는 거리에 있는 나는, 엄마에게로 가 엄마 손을 잡지 않고 여기에서 이렇게 자판이나 두드리고 있고요. 나는 왜 엄마에게 '사랑해' 하고 말하려면 목구멍이 따끔거리고 눈이 흐릿해져서 딴 곳만 쳐다보게 되는 걸까요.

언젠가 친구들과의 술자리에서 우리는 좀 별난 게임을 했어요. 가위바위보를 해서 진 사람은 엄마한테 전화를 걸어 '사랑해'라고 말하기. 안 할 거면 원샷. 참 실없는 게임이지요? 한 번씩 돌아가며 다 걸릴 때까지 게임을 계속했기 때문에 저도 걸렸습니다. 그까짓 원샷이야 두 번도 할 수 있지마는, 원샷을 하지 않고 엄마에게 전화를 걸었어요. 내가 그 늦은 시간에 전화를 걸어 '사랑해' 하면 엄마가 얼마나 걱정할지 알면서도 눈 딱 감고 걸었습니다. 엄마, 자? 으응, 이렇게 늦게 웬일이고. 응, 오랜만에 친구들 만나서 놀고 있어. 엄마, 요즘은 잘 자고? 그래, 못 잘 때도 있고 그렇지 뭐. 엄마. 응. ……사랑해. 아아, 목구멍을 타고 힘겹게 새어나온 그 말은 참 뜨거웠습니다. 수화기 너머에서 엄마의 목소리가 돌아왔어요. "그래, 나도 사랑해."

할머니, 할머니도 아시겠지만 우리 엄마는 진짜 사랑이 많은 사람이잖아요. 늘 당신보다 남을 먼저 생각하고, 남에게 좋은 일을 먼저 하고, 그래서 늘 상처받기도 하고요. 그렇게 착한 우리 엄마의 마음을 저는 항상 배우고 싶지만, 그것은 쉽지만은 않았어요. 그렇게 사랑이 많다는 것은, 그렇게 슬픔도 많다는 것이었거든요. 모든 것을 사랑하려면 많은 것을 혼자 감당해야 했습니다. 그래서 저는 엄마의 속에 쌓인 슬픈 눈물을 보기라도 하는 날에는 화가 나서 가슴을 탕탕 쳤어요. 왜 혼자 저렇게 착해서 저렇게 아픈가 말이에요. 그리고 저는 왜 이렇게 못되서 엄마 아픈 거 보고도 모른 체하며 사느냔 말이에요. 예전에 한번, 엄마가 제게 조카를 잠시 봐달라는 이야기를 하면서 "니한테 피해주기 싫어서 부탁 안 할라 했는데……"라고 말했습니다. 세상에, 그런 말이 어디 있어요, 그게 엄마가 딸에게 할 말이에요? 피해라니요. 그 작은 일, 당연하게 시킬 수 있는 일을 피해라니요. 저는 그때 딸에게 그런 말까지 하게 한 내가 너무 밉고 부끄러워서 길을 잃은 사람처럼 망연자실했습니다. 내게 당신의 모든 걸 다 주고도 미안해하는 엄마, 세상의 뾰족하고 날카롭고 사나운 것들을 홀로 다 받아내느라 어느 밤엔 남몰래 힘겨운 숨을 뱉어내는 엄마……. 할머니, 우리 엄마 착하고 그 여린 마음도 할머니에게서 온 것이라면, 할머니가 다시 엄마 좀 안아주세요. 할머니는 우리 엄마의 엄마니까, 우리 엄마가 "엄마……" 하면서 그 품에 얼굴 묻고 아이처럼 울 수 있게, 울면서 그 시린 마음 다 털어버릴 수 있게 엄마 좀 안아주세요. 할머니 다시 살아 돌아오실 수 없어도 그곳에서 우리 엄마를, 당신의 딸을 지켜주세요.

지난봄, 할머니 기일에 막내이모가 "언니야, 이번에 엄마 산소 같이 갈래?" 하고 엄마에게 물어왔다 했어요. 엄마는 그러겠다 하셨고, 옆에 있던 나도 "그럼 나도 갈게, 엄마" 했습니다. 할머니 못 뵌 지 너무 오래되었어요. 엄마는 하루 일찍 내려가셨고, 저는 그날 새벽차로 내려갈 작정이었지요. 밤늦게 작업을 끝내고 자고 일어나니 이미 아침이었습니다. 늦어서 못 가게 되었다는 전화를 하는데, 엄마는 별말이 없었어요. 마음 더 쓰지 못하고 그렇게 흘려보낸 것을 지금도 많이 후회합니다. 할머니께 죄송했고요. 할머니 제가 무척 보고 싶었는데요. 그날 막내이모는 산소에서 저랑 같이 먹으려고 음식을 많이 싸 갔다고 했습니다. 그 봄꽃 핀 엄마 무덤가에서 딸 셋이 넘치는 음식을 앞에 두고 앉았을 모습을 생각하니 눈물이 납니다. 엄마, 잘 있었제, 하고 당신을 불러보며 아마 엄마랑 이모들은 지금의 나보다 훨씬 많이 울었을 거예요. 당신의 딸들이 둘째가라면 서러운 울보들인 건 아시지요, 할머니.

보고 싶어요, 할머니. 우리 엄마를 내게 주신 할머니, 고맙습니다. 언제 또 뵐까요, 다음 꽃 피면 그때 뵐 수 있을까요. 다음에 꼭 다시 엄마 손 잡고 갈게요. 할머니 무덤가에 앉아서 들어보지 못하신 손녀의 노래도 한 자락 들려드릴게요. 그리고 내려오는 길에는 당신의 딸에게 사랑한다고 말할게요. 당신을 대신해서 사랑해, 한 번 더 할게요. 그러면 당신의 딸도 자기의 딸에게 똑같이 말해주겠지요. 말하지 않아도 이미 나는 다 알고 있는데요. 그리고요, 할머니, 할머니가 항상 곁에서 우리를 지켜주고 있다는 것도, 그 덕분으로 우리가 이렇게 사랑하며 살고 있다는 것도 사실 다 알고 있어요.

할머니, 고맙습니다. 할머니, 사랑합니다.

어루만져줄게

휘청휘청하는 시간이 있었지. 휘청거리느라 너를 만날 새도 없었다. 너를 만나지는 못하고 나는 괜찮아 괜찮아 내게 스스로 말하고 있었던 거야

그러다 문득 너도 그런 시간인 건 아닌지, 너도 나처럼 휘청거리고 있었던 건 아닌지, 괜찮아 괜찮아 혼잣말하지만 실은 모두가 서로의 쓰다듬음을 간절히 바라며 살아가고 있는 건 아닌지 그런 생각이 드는 거야

너도 나를 기다리고 있니

어루만져줄게, 나를 항상 기억해, 나는
어둡게만 느껴지던 그 골목의 하나 남은 가로등
상처를 치료해주는 빨간약
아이의 웃음

정처 없이 너를 데려가줄 기차
끊어졌다 다시 펼쳐진 길
사막의 낙타
봄의 꽃 여름의 부채
가을 바다 겨울의 군고구마

꼭 껴안아줘, 너를 잊지 않을게, 너는
잊혀지지 않는 전화번호
낡았지만 가장 푹신한 의자
그리스인 조르바
어디선가 들려오는 추억의 팝송
소박하게 차려진 시골 밥상
한 개비의 담배와 아직 식지 않은 커피, 어느 날은 뜨거운 술 한 모금
낯선 길의 소인이 찍힌 엽서
품에 안긴 새끼 고양이
훅 불어온 바람일지도

그러니 나를 항상 기억해,
내가 어루만져줄게
너를 잊지 않을게,
그러니 너는 나를 꼭 껴안아줘

노래가 된 글

노래는 / 기차는 떠나네 / 쳐다봐서 미안해요 / 시인의 밤 / 우린 참 비슷한 사람

노래는

그때 난 작은 방에 홀로 앉아 노래를 불렀지
아무도 듣고 있지 않는, 나만을 위한 노래
딱히 어떤 이야길 하려 했던 것은 아니야
그래도 괜찮아, 노래는 흘러가

노래는 서성이다가, 노래는 길가의 꽃을 보았지
노래는 할말을 잃었어, 노래는 꽃처럼 피어나고 싶었지

그때 당신이 내 작은 방에 들러주었지
그러곤 물끄러미 나의 노랠 지켜보았어
아마 당신은 딴생각을 하고 있었는지도 몰라
그래도 괜찮아, 노래는 흘러가

노래는 망설이다가 노래는 들려주고 싶어져
노래는 너에게 말했지,
잠시 너의 마음을 내게 내어주겠니

노래는 이유가 없었고 노래는 방법도 몰랐지
노래는 아무렴 어떠냐며 그제서야 마음껏 지금을 노래했지

부끄럼 없이 두려움 없이 겁이 날 것도 없이 불러보는 노래는
뒤뚱거리다 흔들거리다 마침내 날아올라 멀리 흘러갔지, 이렇게

라라라라

기차는 떠나네

기차는 떠나네 정해진 시간에
나는 떠나왔고 너는 돌아가네
처음 만난 풍경 안 적이 없던 사람들
각자의 침묵과 창문 하나의 통로를 나누며

달려가네 기차는 종착역을 향하여
알고 있지 우리는 어디로 가는지
생의 추억으로, 그리운 곳으로

빈 강을 건너고 너른 들판을 지나
작은 간이역에 기차가 멈춰서면
한 번쯤은 정답게 손을 흔들어볼까
만나고 이별하는 그 굴곡진 길 따라 말없이

떠나가네 기차는 먼 슬픔으로부터
돌아가네 우리는 그이의 고향으로
다시 달려가네 기차는 종착역을 향하여
모두 알고 있지 우리는 어디로 가는지

생의 추억으로, 그리운 곳으로
기차는 떠나네, 그리운 곳으로

쳐다봐서 미안해요

오늘도 길을 오며 가며 많은 사람들을 만났습니다
음, 언제부턴가 나는 사람, 사람이 남 일 같지가 않아서
자꾸만 말을 걸고 싶어지는 거예요
그래도 낯선 사람이 무작정 말을 걸 순 없으니 그저 빤히 바라보고 맙니다

안녕하세요, 어디가세요, 조금 피곤해 보이네요
이렇게 대뜸 말을 걸 순 없어서
쳐다보고 말았네요, 미안해
쳐다보고 말았네요, 말을 건넬 뻔하다가
쳐다보고 말았네요, 미안해요
바라보고 말았네요, 남 같지가 않아서

슬픔이 슬픔을 알아채듯 당신의 슬픔을 알 것 같아요
기쁨이 또다른 기쁨을 불러오듯 우리, 나누면 좋겠는데요

많이 힘들지, 오늘은 좋아 보인다, 사는 게 다 그렇지 뭐,
이렇게 뻔한 말을 할 순 없어서
쳐다보고 말았네요, 미안해
쳐다보고 말았네요, 말을 건넬 뻔하다가
쳐다보고 말았네요, 수줍은 내 맘 어쩌나
바라보고 말았네요, 남 같지 않아서

소녀들의 수다를 바라보네
아주머니의 한숨을 들여다보았네
할아버지의 어깨를, 주름을, 목덜미를
아저씨의 낡은 구두를, 한 번 두 번, 또 한 번
쳐다보고 말았네요, 아름다운 당신을요
쳐다보고 말았네요, 사랑스러운 당신을
바라보고 말았네요, 눈 마주치면 우리 웃어요
쳐다보고 말았네요, 반가운 마음으로, 말을 걸 순 없어서,
남 같지가 않아서요

시인의 밤

그 사람 여느 때처럼 잠을 이루지 못하고
산책을 시작했지. 여름밤의 일이었어
그 밤엔 언제나처럼 동행이 없었지만
그 편이 나을 거라 버릇처럼 말해왔지

어떤 순간에 그 사람 단어 하나를 찾지 못하여 아연했고
어떤 순간엔 모든 것들이 한꺼번에 말을 걸어와
시인은 일없이 바빴지

만일 나를 시인이라고 한다면 어떨까
만일 그댈 시인이라고 한다면
우리의 밤은 어떨까

귀를 기울이는 것과 아주 작은 걸 보는 게
그 사람 누구보다 잘할 수 있는 일이었지
달과 별과 전봇대와도 인사를 나누고,
저 창문 속 불빛들의 이야기를 들었지
내일의 걱정보다는 여기의 벌레 소리가 더 크게 다가와서 안심했지

만일 나를 시인이라고 한다면 어떨까
만일 그댈 시인이라고 한다면 무엇을 보게 될까
그 사람은 조금 쓸쓸하였을까, 무얼 찾고 있을까
만약 우릴 시인이라고 한다면……
이상할 것도 없지

시인의 밤이 깊어가네, 우리의 밤이 깊어가네

우린 참 비슷한 사람

너무 많은 이야길 하려 한 건 아닌지
이 말 한마디가 하고 싶었던 건 아닌지

그대와 나
그대와 나
그대와 나는,
그대와 나

우리들은 참 비슷한 사람
우리들은 참 많이 닮아 있죠
우린 비슷한 이야길 안고 살고 있어
우리들은 닮은 숨을 쉬네요

당신의 속을 나는 짐작도 못하겠지만
우리들의 바깥은 상상도 못하게 다르지만

그대와 나
그대와 나
그대와 나, 우리는
그대와 나

결국 우리들은 참 비슷한 사람
우리들은 참 많이 닮아 있죠
우린 비슷하게 넘어지거나 일어서지
우리들은 닮은 꿈을 꾸네요

그대와 나, 우린 참 비슷한 사람

쓸쓸해서 비슷한 사람

1판 1쇄 발행 2014년 11월 3일
1판 3쇄 발행 2022년 10월 31일

지은이 양양

책임편집 이희숙 **모니터링** 이희연
디자인 김선미 정연화 **표지 및 본문 그림** 이혜승
마케팅 황승현 **브랜딩** 함유지 함근아 김희숙 고보미 박민재 박진희 정승민
제작 강신은 김동욱 임현식

펴낸이 이병률
펴낸곳 달
출판등록 2009년 5월 26일 제406-2009-000034호

주소 10881 경기도 파주시 회동길 455-3
dal@munhak.com
dalpublishers
전화번호 031-8071-8682(편집) 031-8071-8671(마케팅) **팩스** 031-8071-8672

ISBN 978-89-93928-77-8 03810